Lady Valkyrie

LADY VALKYRIE COLECCIÓN OESTE

ladyvalkyrie.com

Organización cuatrera

MARCIAL LAFUENTE ESTEFANÍA

LADY VALKYRIE

Colección Oeste #5

Lady Valkyrie, LLC
United States of America
Visit ladyvalkyrie.com

Published in the United States of America

Lady Valkyrie and its logo are trademarks
and/or registered trademarks of Lady Valkyrie, LLC

Lady Valkyrie Colección Oeste is a trademark
and/or a registered trademark of Lady Valkyrie, LLC

First published as a Lady Valkyrie Colección Oeste

Design and this Edition © Lady Valkyrie

Library of Congress Cataloguing in Publication Data available

Índice por Capítulos

Capítulo 1

—Nunca te he visto por aquí. ¿Cómo has dicho que te llamas? —Interrogó Hy, al alto vaquero que tenía frente a él.

—No lo he dicho todavía —respondió el vaquero, sonriendo—. ¿Puedo saber quién es usted para ser tan curioso y hacer tantas preguntas?

—Eso no creo que pueda interesarte mucho.

—Ni creo que le interese a usted mi procedencia, ¿no es así...?

—¿Por qué no le dices a ese muchacho que además de ser el propietario de este local eres también el juez de aquí...? —Dijo uno de los curiosos al que estaba tras el mostrador.

—¡Ah...! —Exclamó el alto vaquero—. Si es usted el juez de este pueblo, puede seguir haciendo todas las preguntas que le venga en gana. Pero no olvide una cosa: soy excesivamente impulsivo.

—¿Una amenaza? —Interrogó el juez.

—Es una advertencia, simplemente —respondió el vaquero—. He entrado aquí a beber un trago de whisky, porque estoy muy sediento. El calor empieza a hacerse insoportable por esta zona.

—Whisky que no beberás hasta que respondas a todas mis preguntas.

—No sea tan tozudo, juez... —Dijo sonriendo el vaquero—. Esto es un establecimiento público y...

—Solamente doy de beber al que yo deseo —le interrumpió Hy.

—Piense que bebiendo, refrescándome un poco, podré responder mejor a sus preguntas.

Estas palabras hicieron sonreír a Hy, que bastante satisfecho dijo:

—Ahora te daré de beber, ya veo que te has dado cuenta del peligro inminente en que te encontrabas. Ello me demuestra que eres un chico inteligente.

—No debe equivocarse en las interpretaciones, juez. No tengo nada contra usted y me disgustaría darle una lección que está pidiendo desde que he entrado.

Piense que yo, que no le conozco, no tengo por qué temerle como veo que sucede con todos éstos. ¡Ahora, y por última vez, déme de beber!

El juez frunció el ceño y bastante molesto agregó de forma tozuda:

—Nada de eso. ¡No me has agradado desde que cruzaste esa puerta y por lo tanto no beberás si antes no respondes a mis preguntas!

—No es usted nadie para interrogar —agregó con paciencia el forastero.

—¿Qué es lo que sucede? —Preguntó el sheriff desde la puerta.

Una vez que le explicaron lo que sucedía, el sheriff avanzó hacia el mostrador fijándose con detenimiento en el alto vaquero.

—No debes tomar en cuenta las palabras de Hy, muchacho. En el fondo es una buena persona.

—¡Pero debe responder a mis preguntas...! —Gritó Hy enfurecido—. ¡Y tendrá que hacerlo si desea beber!

—Cálmate. No seas tan tozudo, Hy —agregó el sheriff—. Este muchacho tiene derecho, siempre que abone lo que consuma, a beber cuanto se le antoje.

—Será preferible para ti que no te mezcles en este asunto —dijo Hy.

El alto vaquero pudo observar claramente como el sheriff palidecía ante esta amenaza. Esto le demostró que aquel hombre debía ser bastante temido por los habitantes de aquel pequeño pueblo.

—El juez está en lo cierto, sheriff —comentó un vaquero de aspecto descarado que estaba sentado a una de las mesas—. A mí tampoco me agrada el aspecto de ese muchacho.

—Es lo mismo que me sucede a mí contigo —dijo el forastero.

El vaquero que estaba sentado a una de las mesas se levantó y, encaminándose hacia el forastero, dijo:

—En este pueblo no son gratos los forasteros.

—Ello demuestra que teméis algo, de lo contrario

sucedería como en todos los rincones de la Unión. Los forasteros...

—¡Aquí somos muy distintos, y en particular yo...! —Le interrumpió el vaquero continuando su avance hacia el mostrador.

—¡Estate quieto, Kester! —Dijo Hy al vaquero que hablaba con el forastero—. Soy yo quien habla con este muchacho y, si desea beber, tendrá que responder primero a mis preguntas.

El alto vaquero estaba muy pendiente de todos los reunidos y en particular de Hy y del llamado Kester.

Pero pensó que sería preferible responder a las preguntas de aquel hombre antes de tener que utilizar los «Colt».

El de la placa, sonriendo, dijo:

—Bueno. Será preferible que respondas a las preguntas de Hy, porque, en el fondo tiene derecho, como juez, a interrogarte.

—Cierto. Lo tiene siempre que se me acuse de algo, sheriff —dijo el alto vaquero—. Y usted lo sabe.

—¡Pues, si deseas beber, vas a tener que responder! —Gritó Kester.

—Está bien —dijo el forastero—. Pregunte. Pero deme de beber. Ya le he dicho que estoy sediento; hace muchas horas que no bebo nada.

Hy sonrió satisfecho, al igual que Kester.

—Veo que te has dado cuenta del peligro —comentó Kester, orgulloso.

El forastero simuló que no había oído estas palabras.

—¿De dónde vienes?

—De la Unión —respondió el forastero.

—¡No estoy para bromas! —Gritó Hy, molesto por las sonrisas de los reunidos.

—Estoy respondiendo a su pregunta —agregó el forastero—. Si desea saber el lugar de donde procedo, debe hacer la pregunta adecuada.

—Te crees gracioso, ¿verdad? —Dijo Hy, saliendo de detrás del mostrador.

—Jamás me tuve por tal —dijo el forastero.

—¡No comprendo cómo tienes tanta paciencia, Hy! —Gritó Kester—. Yo en tu lugar ya hubiera procedido de otra forma.

—¿Y, por qué motivo no lo haces? —Interrogó el forastero a Kester.

—¡Escucha, muchacho! —Gritó Kester—. Yo no soy el juez y te advierto...!

—Piensa que el menor movimiento que hagas, puede costarte la vida —advirtió muy serio el forastero, interrumpiendo a Kester—. No debes olvidarlo.

Los testigos no salían de su asombro.

Conocían muy bien a Hy, así como a Kester, y no comprendían que después de aquellas palabras no hubieran hecho el menor movimiento.

Les tenían acostumbrados a utilizar el «Colt» por motivos muy inferiores a eso. Solían manejar el revólver para obligar a los demás a obedecer sus caprichos y por ello no comprendían que en esa ocasión permitieran a aquel forastero hablar como lo estaba haciendo ahora. Era algo inusual.

—¡Quieto, Kester! ¡Quieto...! —Gritó Hy—. Tú, no debes intervenir en esto. Yo me encargo de que este muchacho nos conozca.

—Creo que ya os he conocido —dijo el forastero—. Pero os advierto que conmigo no podréis hacer vuestra voluntad.

—Será preferible que respondas, muchacho —dijo el sheriff, interviniendo.

El forastero, contemplando al sheriff con bastante simpatía, dijo:

—Está bien, sheriff. Puede interrogarme usted.

—¡Seré yo quien lo haga! —Gritó Hy.

El forastero, haciendo un extraordinario esfuerzo por contenerse, dijo:

—Está bien, juez, pregunte lo que desee.

—¡Pero si vuelves a responder como en la forma anterior, tendrás un disgusto y tu cuerpo no podrá refrescarse con whisky, sino que adquirirá algo más de peso por el plomo de mis armas!

—No creo yo, que esté bien que un juez hable en esa forma —comentó el forastero—. Además, que de seguir así, conseguirá asustarme y le aseguro que no soy un valiente.

Como el tono burlón con que fueron dichas estas palabras no pasó inadvertido para ninguno de los reunidos, todos sonrieron de nuevo.

Hy, molesto de nuevo por aquellas sonrisas, gritó:

—¡Podéis reír todo cuanto queráis! Pero una vez que liquide este asunto con este muchacho, el que quiera beber en mi casa tendrá que pagar un dólar por cada vaso de whisky durante una semana.

—No creo que se lo consientan, juez —comentó el alto vaquero—. Eso sería una injusticia que no consentirán.

—Si me conocieras no hablarías así.

—El sheriff sería el primero en no consentirla.

—Estás totalmente equivocado, muchacho —dijo Hy, orgulloso—. Aquí sólo se hace lo que yo y mis muchachos ordenamos.

—Yo, al menos, no lo consentiría.

—¿Y qué harías para evitarlo...? —Interrogó otro vaquero.

—No lo sé todavía, pero creo que encontraría el medio para evitarlo.

—Hace unos momentos que acabas de confesar que no eres un valiente, así que no creo que te atrevieras a hacer nada.

—Puede que estés equivocado. ¿Perteneces a los hombres del juez?

—Sí. Así es... —Respondió el vaquero que había intervenido en la conversación en último lugar—. Y me gustaría saber lo que harías para conseguir bebida.

—Será preferible que dejemos eso —serio, dijo el forastero—. ¿Quiere darme el whisky?

—¡No beberás! —Dijo Hy—. Tendrás que encontrar

ahora mismo el medio de evitar que te niegue la bebida si deseas beber.

Kester y el otro vaquero reían de buena gana.

El forastero, sonriendo, dijo:

—Pues responder a sus preguntas.

Hy y sus hombres se echaron a reír a carcajadas.

El resto de los reunidos, aunque sonrieron un poco, se habían llevado una decepción con aquel muchacho.

—No tengo la menor duda de que tienes un buen sentido del humor —respondió Hy sin dejar de reír.

—Pero, a pesar de ello, no beberá, aunque responda a tus preguntas —agregó Kester—. Tendrá que buscar otro medio para conseguir la bebida.

El forastero, mirando fijamente a Kester, dijo:

—Estoy esperando ya a que vuestro amo empiece a interrogarme. Una vez que finalice, beberé un doble de whisky con mucha soda.

—¡Nosotros no tenemos amo! —Gritó Kester.

—Otra gracia más y será tu perdición —dijo el otro vaquero de Hy.

—¿Quiere empezar a interrogarme? ¡Estoy cada vez más sediento con tanta conversación!

—No debes tener prisa, muchacho... —Dijo Hy—. Ahora soy yo quien aplazará el interrogatorio, para cuando me plazca.

—Entonces, yo beberé ahora mismo.

—¿Cómo lo conseguirás?

—No puede ser más sencillo. ¡Mira! —Y el forastero, gracias a su gran talla, se inclinó sobre el mostrador y alcanzando una botella de la estantería, se sirvió un vaso enorme de whisky.

Los reunidos no salían de su asombro.

Lo que más les extrañaba era la actitud de Hy y de sus dos hombres.

El forastero, dándose cuenta de esta extrañeza en los reunidos, dijo:

—Creo que todos ésos no comprenden vuestra extraña actitud. Estoy seguro que los tenéis acobardados con vuestras demostraciones de habilidad con las armas y no comprenden aún que yo siga con vida. ¿Me equivoco en algo?

—¡Has acertado! —Dijo Hy muy serio—. Pero te dejaremos que bebas con tranquilidad. Una vez que lo hayas hecho, te mataremos.

—Sería una verdadera injusticia matarle sin dejar que sacie la sed —agregó Kester.

—No vais a conseguir engañar a nadie —dijo el forastero—. Lo que sucede es que os habéis dado cuenta que esta vez frente a vosotros hay un hombre excesivamente peligroso.

—Puedes hablar cuanto quieras —dijo Hy—. Te mataremos. Yo, siempre he cumplido mi palabra y no dejaré de hacerlo esta vez.

—Me agrada que hables con tanta sinceridad. Así no tendré ningún remordimiento cuando dispare sobre vosotros tres.

—¡Procura finalizar pronto ese whisky! —Gritó el otro vaquero—. ¡O perderé la paciencia!

—Hay que tener los nervios y el pulso muy bien templados si se desea tener éxito frente a un hombre como yo —agregó el forastero—. Así que procura serenarte.

—¡No he visto en toda mi vida otro fanfarrón como tú! —Gritó Kester.

—Ni yo, otros cobardes como vosotros.

—¡Quietos todos! —Ordenó Hy—. He dicho que le mataremos una vez que se acabe el whisky. Siempre me ha gustado cumplir mis palabras.

—Pues acaba de salvarles la vida... —Comentó el forastero—. Un segundo más tarde y ya no vivirían.

Los reunidos se miraban entre sí.

Aquel forastero les había resultado muy simpático y empezaban a sentir una pena de que le matasen, cosa de la que ninguno de ellos dudaba, ya que conocían a los tres que se enfrentaban a aquel muchacho.

Y aunque muchos pensaron intervenir, ninguno se

atrevió a ello por temor a las consecuencias.

El sheriff, que ya odiaba a Hy por sus abusos, aunque nunca se había atrevido a enfrentarse como debiera hacer por su cargo, intervino diciendo:

—Creo que no hay motivos para que corra la sangre.

—Debes guardar silencio si no deseas que mis armas busquen esa placa como otro blanco, llegado el momento —dijo Hy.

El de la placa palideció y no se atrevió a decir lo que pensaba.

El forastero, sonriendo, agregó:

—No debe preocuparse, sheriff. Si cuando acabe de beber, cometen la torpeza de ir a sus armas, le libraré de ellos para siempre.

—¡No hables tanto y finaliza ese whisky...! —Gritó Kester exaltado.

—No me agrada beber de prisa, siempre me gustó hacerlo con calma. Es de la única forma que no se sube a la cabeza.

Y dicho esto, el forastero cogió el vaso con la mano derecha y apuró el contenido.

A continuación, cogió de nuevo la botella de whisky y se sirvió otro vaso.

—Espero que, antes de matarme, me permita que sacie mi sed por completo —dijo burlón a Hy.

—Puedes hacerlo —agregó Hy—. Será el último trago que tomes.

—No lo creo así.

—¡Yo no aguanto más! —Gritó Kester.

—No. Debes saber esperar —dijo Hy—. Prefiero matarle cuando haya saciado su sed. Así no tendré el remordimiento de haber matado a un hombre sediento. Mi conciencia no me lo permitiría.

Y Hy se echó a reír a carcajadas, poniendo frío en la médula de todos los que escuchaban.

El forastero observó con mucho más detenimiento a Hy, y llegó a la conclusión de que debía ser el más peligroso de sus tres enemigos, por ello su atención se centró en éste.

Capítulo 2

Todos los allí reunidos esperaban con verdadera impaciencia el resultado de aquella pelea y por ello casi ni respiraban.

Estaban pendientes del líquido que restaba en el vaso del forastero.

Los contrincantes se observaban también en total silencio.

Cuando el alto forastero cogió de nuevo el vaso y apuró hasta la última gota, se podía escuchar en el saloon el zumbido de las moscas.

Pero, de pronto, este silencio se convirtió en un grito de rabia.

Cuando el forastero iba a dejar el vaso sobre el mostrador, las manos de Hy, Kester y el otro vaquero se movieron a la máxima velocidad.

No tuvieron suerte, sin embargo, porque cuando ya empuñaban con el deseo de matar, disparó el forastero con la mano izquierda.

Segundos después de las detonaciones de los «Colt» del forastero, caían sin vida.

Los testigos de la escena contemplaban los tres cadáveres sin comprender en realidad lo sucedido.

Nadie, absolutamente nadie, podía asegurar que había visto el movimiento de aquel muchacho, que con el «Colt» empuñado todavía, no dejaba de sonreír contemplando sus víctimas.

Pasados los primeros momentos de sorpresa, todos felicitaron al forastero.

—Han pagado muy cara su traición —comentó el forastero—. Claro que yo esperaba que pretendiesen sorprenderme mientras estaba bebiendo, por ello no tuvieron éxito.

—Tenían que acabar así —comentó el sheriff—. Ya que eran muchos los abusos que cometían a diario.

—Lo que no puedo comprender es que ustedes se los consintiesen.

—Si les hubieras conocido como nosotros...

—No se lo hubiera consentido.

—Piensa que nuestras manos no son tan rápidas y seguras como las tuyas —dijo el sheriff.

—Mi nombre es Sam Reinach —dijo el forastero.

—Jamás olvidaremos lo que has hecho por nosotros.

La conversación continuó hasta que de pronto se hizo un silencio absoluto en el local.

Sam buscó la causa de este silencio e imaginó que sería la entrada de tres cow-boys que miraban a todos con fijeza.

Al fijarse en Sam, se detuvieron.

Sam, suponiendo que eran hombres de Hy, se puso en guardia.

—¿Quién ha matado a Hy y a esos otros? —Preguntó uno de ellos.

—Se suicidaron ellos —respondió Sam, sereno.

—¿Fuiste tú?

—Sí.

El que hablaba con Sam miró con desprecio y odio a los reunidos, diciéndoles:

—¡Debisteis evitarlo vosotros!

—No pudimos hacer nada para evitarlo... —Dijo el sheriff—. Fueron ellos los que se empeñaron en provocar a este muchacho.

—¡Tuvo que ser a traición!

—Somos todos testigos de que no existió traición por parte de este muchacho y sí por parte de Hy —dijo el sheriff con valentía.

—¡No puede ocultar todo el odio que nos ha tenido siempre, sheriff!

—Pero pronto recibirán el castigo que merecen por cobardes —agregó otro de los tres vaqueros de Hy—. ¡Han debido castigar a ese muchacho!

—Os aseguro que no había motivos para castigarle —agregó el sheriff—. Solamente se defendió del ataque traicionero de ellos.

—¡Es un pistolero! —Gritó otro.

—Piensa que, si efectivamente lo crees así, podré eliminaros a vosotros con la misma facilidad que a ellos

—dijo Sam, sonriendo.

—No creas que a nosotros te resultará tan sencillo sorprendernos.

—Te están diciendo que no hubo ninguna sorpresa por mi parte.

—¡No lo creemos! —Gritó el primero que habló—. De no ser a traición, jamás hubieras podido con Hy.

—Piensa, muchacho, que en esta vida a todo hay quien gane —dijo Sam.

—No has tenido suerte al detenerte aquí —añadió otro de los tres vaqueros.

—No quisiera que me obligarais a seguir matando. No os he hecho nada y...

—Vamos a hacer contigo lo mismo que tú hiciste con nuestro patrón.

—Si me obligáis, no voy a tener más remedio que mataros.

—No te resultará tan sencillo como parece crees.

—Sheriff —dijo Sam al de la placa—, si tiene alguna influencia sobre estos hombres, le ruego que trate de convencerles para que no cometan una tontería.

—¡El de la placa también tendrá su castigo! —Gritó el primero que había hablado al entrar en el saloon—. ¡Voy a vengar a nuestro patrón!

Y dicho esto, movió rápidamente sus manos en busca de las armas.

Pero Sam, que les vigilaba con mucha atención, fue el primero en disparar.

Cuando el que intentó sorprender a Sam caía sin vida, sus otros dos compañeros se miraron asustados de aquella rapidez y seguridad. En completo silencio, pensaban que efectivamente aquel muchacho no había tenido que utilizar ningún truco ni ventaja para terminar con el patrón.

—Espero que esto os sirva de aviso —comentó con sarcasmo Sam—. No tengo nada contra vosotros, así que será preferible que os marchéis ahora mismo.

Los vaqueros, en silencio, salieron del local.

Una vez en el exterior, montaron a caballo y se alejaron en dirección al rancho.

El de la placa, aproximándose a Sam, le dijo:

—Creo que te debo la vida. Ya que esos tres estaban dispuestos a terminar contigo y después lo hubieran hecho conmigo.

—No creo que se atrevieran a hacerle nada, sheriff.

—Nada de eso. Si les conocieras como nosotros, no pensarías así.

—Ahora, tan pronto como se entere el capataz de Hy, querrá vengarle también —comentó otro de los reunidos.

—No; no lo creas —dijo el sheriff—. Para él será un gran negocio atender este local y el rancho durante una temporada. No sé si Hy tendría parientes, de no ser así, el capataz habrá hecho un gran negocio.

—Estoy totalmente de acuerdo con usted, sheriff —comentó Sam.

—Creo que deberías quedarte algunos días con nosotros —dijo el sheriff.

—Lo siento, pero no puedo detenerme, sheriff. Me esperan en Tucson.

—¿Vas hacia esa ciudad?

—Sí. ¿Está muy lejos aún?

—Una jornada a caballo.

—En ese caso, descansaré hasta mañana y saldré a primeras horas.

—¿De dónde vienes? —Preguntó el sheriff.

Sam miró fijamente al de la placa y éste, un poco nervioso, dijo:

—Esto no es un interrogatorio oficial, es simple curiosidad; si lo deseas contestas, pero si no quieres, no tienes por qué hacerlo.

Sam, sonriendo, dijo:

—Vengo del sur de Nuevo México.

—¿Has visto algún indio?

—No —respondió Sam—. Ni el menor rastro de ellos. A no ser los que están viviendo entre la población blanca.

—Parece que están tranquilos —dijo uno.

—No del todo. Es Jerónimo el único que ahora supone un peligro —dijo el sheriff.

—Pero es posible que si se profundiza en las causas seamos culpables nosotros de todo lo que hace. Parece que mataron a su familia y ello es lo que le ha hecho reaccionar con violencia.

Acto seguido, todos miraron a Sam y después lo hicieron entre ellos.

No comprendían que pudiera defender a los indios.

—Son muchos los crímenes que ese Jerónimo está haciendo por toda esta zona.

—Sí. Lo sé —agregó Sam—. No es que quiera ni pretenda defender a los indios, trato de justificarles en parte. Me parece que no son comprendidos.

—Ya. Puede que estés en lo cierto —dijo el de la placa—. Pero aseguro que son muchas las víctimas que nos están haciendo.

—Los verdaderos responsables somos nosotros, quiero decir nuestra raza.

—No te comprendo... —Dijo el sheriff.

—Tenemos que pensar que ellos compran las armas, no las fabrican.

—Comprendo... —Dijo el sheriff, sonriendo—. Y estoy de acuerdo contigo.

—Los verdaderos responsables de todo lo que está sucediendo, son esos hombres sin escrúpulos que para conseguir una fortuna rápida y fácil, venden toda clase de armas a ese grupo de rebeldes.

—Entiendo, pero debería encargarse el ejército de evitarlo —dijo uno.

—Los militares tienen bastante con vigilar la zona en que suele actuar ese rebelde —dijo el sheriff.

—Creo que no son eficaces —dijo Sam—. Con sus uniformes, los indios los distinguen a muchas millas de distancia.

—Este muchacho está en lo cierto. Deberían dejar

el uniforme y vestirse, para combatir a los indios, como vaqueros.

Siguieron charlando animadamente.

Unas dos horas después, Sam marchó con el sheriff. Descansaría en casa de éste.

La mujer del sheriff recibió a Sam con muestras de simpatía, sobre todo cuando se enteró de lo que había hecho por él y también por el pueblo.

—Era un hombre mezquino que tenía dominada toda esta zona —comentó la mujer—. Le debemos a usted la tranquilidad.

Más tarde, mientras cenaron, no dejaron de charlar animadamente.

Sam dijo que venía del Este y la mujer le hizo un sinfín de preguntas curiosas, a las que Sam respondía muy sonriente.

Se retiró a descansar y a la mañana siguiente, cuando el sol aún no se había asomado por el horizonte del Este, Sam se despedía del matrimonio.

—No olvides que puedes contar con nuestra casa para todo lo que desees —dijo la esposa del sheriff al despedirse.

Lo mismo dijo el sheriff. Sam les agradeció todas las atenciones que habían tenido con él.

Encontró la ciudad de Tucson muy animada, debido a que días más tarde darían comienzo las fiestas anuales, en las que los vaqueros de los distintos Estados y territorios demostrarían sus habilidades en una lucha noble.

Esto alegró a Sam, ya que así su llegada a Tucson pasaría inadvertida.

Eran muchos los que llegaban a diario a la ciudad para presenciar los festejos vaqueros.

Entró en el primer saloon que encontró.

Con grandes dificultades, consiguió aproximarse al mostrador y solicitar bebida.

Cuando el barman, mejor dicho uno de ellos, ya que eran varios los que atendían al largo mostrador, se aproximó a él, le preguntó:

—¿Conoce a una muchacha llamada Ivonne?

—Hay varias jóvenes con ese nombre.

—La que me interesa, creo que posee uno de los mejores locales de esta ciudad.

—¡Ah, ya...! —Exclamó el barman—. Te refieres a la Bella Ivonne.

—A ella me refiero.

—Encontrarás su local unas cien yardas a la derecha.

—Gracias.

—¿Eres amigo de Ivonne?

—No. Pero me encargó un amigo que la saludara si pasaba por Tucson.

El barman, una vez que le sirvió el whisky, dijo:

—Un dólar.

—¡Un dólar! —Exclamó Sam.

—Sí.

—¡Esto es un robo!

—Hay que aprovechar todos estos días —agregó sonriendo.

Sam, para no seguir discutiendo, pagó lo solicitado, mientras murmuraba:

—¡Mucho más caro que la cuenca del Sacramento en su buena época!

—Eres muy joven para recordar aquello —agregó el barman.

—Pero oí hablar mucho.

No pudo seguir hablando Sam, ya que el barman se alejó para atender a otros clientes.

Finalizó la bebida y se encaminó hacia el exterior.

Siguió, una vez en la calle, la dirección dada por el barman y pronto dio con el saloon indicado.

Entró muy decidido, pero una vez en el interior, se asombró de la cantidad de clientes que había dentro. Era imposible dar un paso.

Había muchas muchachas que se movían llevando grandes bandejas llenas de vasos con whisky.

Sam se fijó en una mujer que aunque se veía que

ya no era joven se conservaba muy bien e imaginó que debía tratarse de Ivonne, ya que se le podía aplicar justo el sobrenombre de Bella Ivonne. ¡Era una mujer preciosa!

Le costó unos cuantos minutos poder aproximarse hasta el mostrador.

Ivonne estaba tras el mostrador sonriendo a todos los clientes.

Solicitó de beber.

Una vez que un barman le hubo servido, dijo:

—Debes pagar por adelantado.

—¿Un dólar? —Interrogó Sam, sonriendo.

—Así es.

—¡Vaya negocio que tiene esa preciosidad! —Dijo elevando la voz—. Si no fuera por temer al fracaso, le propondría que se casara conmigo a pesar de sus años.

Ivonne, que había escuchado perfectamente este comentario, se fijó acto seguido en Sam y sonriéndole se aproximó a él.

—Bueno, bueno. No creas que soy mucho más vieja que tú —le dijo.

—Lo sé muy bien —dijo Sam sonriendo—. Tienes treinta y cinco años.

Ivonne le miró con fijeza.

—¿Quién te ha dicho semejante barbaridad?

—Alguien que te conoce muy bien.

—¡Pues te ha engañado...! —Dijo Ivonne—. Sólo tengo treinta.

—Bien. No discutiremos por eso... —Dijo Sam—. Pero estoy seguro que eres tú quien no dice la verdad. Tenías treinta años cuando saliste de Phoenix.

Ivonne se echó a reír, diciendo:

—Estoy sorprendida. No puedo imaginarme quién ha podido informarte tan bien.

—Un hombre que todavía hoy, piensa mucho en ti. Estuvo a punto de casarse contigo, pero creo que le exigías demasiado.

Ivonne miró fijamente a Sam, preguntándole:

—¿De quién me estás hablando?

—¿No puedes adivinarlo?

—¡Es que no quiero saber nada de ese hombre!

—Lo siento mucho, pero yo creí que seguirías enamorada de él.

—¡Y sigo recordándole! ¡Pero es un tozudo!

—¿Quién de los dos es más tozudo?

—Puede que tengas razón. Pero debes comprender que no quería casarme con un hombre que solamente estaría conmigo unos días cada año y, siempre, sin saber si regresaría o no.

—Pat Hesketh vendrá por aquí, a no tardar mucho. Me encargó que te lo dijera.

—Ven conmigo a un reservado. Hablaremos con mayor tranquilidad.

Y Sam siguió a la mujer.

Una vez en el reservado, dijo Ivonne:

—Quiero que me hables de Pat. Que me cuentes todo lo que puedas. ¿Eres uno de sus agentes?

—No.

—Entonces, ¿qué vienes a hacer aquí?

—El me aseguró que tu me podrías ayudar. Necesito emplearme como vaquero por esta zona.

—Eso será fácil.

Capítulo 3

Estaban recordando viejos tiempos. Sam e Ivonne hablaban animadamente en el reservado.

En cuanto finalizó Sam de hablar acerca de Pat Hesketh, dijo Ivonne:

—Bueno. Ahora debes contarme, en confianza, tus propósitos al venir a esta ciudad.

—No todavía. Antes de ser sincero contigo me gustaría conocerte más.

—Lo comprendo, y creo que es muy lógico; pero te aseguro que puedes confiar en mí. Jamás traicionaría al único hombre que amé.

Sam, sin saber por qué, empezó a hablar.

Finalizó diciendo:

—...Y es tal el contrabando de armas que pasa por esta zona que he sido comisionado por Washington, de acuerdo con el gobernador de este territorio, para averiguar quienes son los que se dedican a pasar armas a México y lo que es aún peor para nosotros, a Jerónimo. Son muchos los crímenes que hace esa organización y tengo que descubrirla lo más rápidamente posible aunque en ello me vaya la vida.

—Pero, ¿por qué creéis que es en este pueblo donde podéis averiguar algo?

—Estamos seguros de que es de algún rancho de los alrededores de donde salen las armas.

—¿Eres militar?

—Sí. Soy mayor del ejército.

—¿Has estado destinado alguna vez por esta zona?

—No... No soy conocido.

—Conozco a todos los rancheros de esta zona y puedo asegurarte que son de confianza, unos más que otros, pero buenas personas en el fondo.

—Tenemos sospechas de un tal Luis Mendoza.

—¡No! ¡Es imposible! —Le interrumpió Ivonne—. Mendoza es la persona más estimada y querida de toda esta zona, aunque sus hombres y su hija impongan cierto temor a los habitantes de Tucson.

—A pesar de ello, tenemos pruebas que justifican

nuestra desconfianza.

—No es que quiera defender a Mendoza, pero creo que estáis equivocados. Creería lo que fuera de su hija Carol, pero de él no; no puede ser.

—A pesar de todo, he de hacer averiguaciones.

—Te ayudaré en todo lo que pueda.

—¿Por qué motivo odias a la hija de Mendoza...? —Interrogó Sam.

—Veo que eres inteligente. ¿Cómo has descubierto mi odio hacia esa muchacha?

—Por tu forma de hablar.

—Pues es cierto. ¡La odio! Es soberbia y engreída. Además, por su culpa están haciendo mucho daño a la mejor persona, para mí, de esta zona.

—¿A quién te refieres?

—A Glen Penton. Es un ranchero que tendrá unos cincuenta años.

—Estoy informado y sé que puedo confiar en él en caso de necesidad.

—¿Te han informado acerca de su hija?

—No.

—Pues es la persona más buena que puedas conocer. Es la maestra de este pueblo y yo la quiero mucho. Los hombres de Mendoza parece que la han tomado con ella y no la dejan tranquila ni un solo momento. Le interrumpen las clases y no es la primera vez que la hacen llorar.

—¿Y el sheriff qué dice?

—De ése no puedes fiarte nada. Es muy amigo de la peor persona que he conocido hace muchos años. Es un ranchero que se instaló aquí hace cuatro años y que conocí en Phoenix.

—¿Murphy Savac?

Ivonne miró sorprendida a Sam y dijo:

—Creo que sabes demasiado...

—Pues ese personaje es socio de Mendoza.

—¡No es posible!

—Estamos seguros de ello.

—¡Pero si no se hablan!

—Eso es lo que pretenden hacer creer a todos, pero sabemos que se ven en pleno campo por las noches o se visitan a horas muy avanzadas en sus propios ranchos.

—¡Es la primera noticia que tengo!

—Pues es totalmente cierto lo que te digo. Estamos convencidos.

—¿Cómo pudisteis descubrirlo?

—El que lo descubrió ya no puede hablar, porque le asesinaron. Aún no hemos podido encontrar el lugar donde lo enterraron, pero esperamos descubrirlo para poder acusar a Mendoza. Fueron sus hombres los que lo eliminaron al descubrir que era un agente federal. Posiblemente tú le conocerías. Era un muchacho muy simpático y pecoso...

—¡Sí...! ¡Tom Alice! —Exclamó Ivonne—. ¡Quién lo hubiera dicho! Siempre presumía de haber tenido a más de un sheriff en jaque.

—Eran las órdenes que tenía.

—Tom desapareció de la noche a la mañana y los hombres de Mendoza estuvieron revolviendo durante varios días, todo Tucson en su busca.

—Pero fueron ellos quienes le mataron. Si simularon buscarle y amenazaron a todos los habitantes de Tucson en caso de que le hubieran asesinado fue por temor a que hubiera más de un agente.

—Ya, comprendo. ¡Pobre Tom! Siempre me resultó un muchacho simpático.

—Lo era, por lo menos eso me aseguró Pat.

—¿Trabajaba a sus órdenes?

—Sí. Pat era el que se ponía en contacto con él. Así pudimos saber todo lo que Tom averiguó.

—Te agradezco mucho esta confianza que depositas en mí, y a cambio te voy a dar un consejo. Vuelve a tu punto de partida. La empresa que te propones no hay hombre que sea capaz de realizarla. No he querido hablarte antes con sinceridad sobre Mendoza, pero te aseguro que será el enemigo más peligroso que puedas encontrar aquí. Todos los mexicanos que residen por esta zona, y que no son pocos, le obedecen ciegamente. Puedo asegurarte que esta ciudad está en sus manos, aunque él lo único que hace son obras de caridad. Es muy astuto.

—Conseguiré desenmascararle.

—No te resultará sencillo.

—Ni lo pienso, pero lo conseguiré.

—De quien no debes fiarte es de Duke, propietario de un saloon. Es un pistolero muy peligroso e íntimo amigo de Murphy Savac.

—No me fiaré de nadie que no seas tú. Muy pronto llegarán dos amigos. Puedo asegurarte que entre los tres conseguiremos descubrir todo lo que nos ha traído hasta aquí. Llegarán preguntando por mí. Tú debes decirles que es la primera vez que oyes ese nombre. Ellos te responderán: «Es el mejor jinete que tuvo el ejército del Norte durante la guerra.» Entonces puedes confiar en ellos y decirles dónde me encuentro. ¿De acuerdo?

—De acuerdo.

—Bien. Ahora consíguenos empleo para los tres en el rancho de Glen Penton. Las próximas fiestas nos ayudarán mucho en nuestro trabajo.

—¿Y Pat, no vendrá?

—Lo tenemos planeado. Cuando llegue, preguntará por nosotros tres y asegurará al sheriff que no debe fiarse de nosotros. Le provocaremos ante muchos testigos y le insultaremos en este saloon reiteradas veces. El demostrará su temor hacia nosotros y le obligaremos a salir de la ciudad con la amenaza de disparar sobre él en caso de regresar. Cada tres noches, se presentará disfrazado en tu casa para saber si ya hemos conseguido averiguar algo.

—No sé, pero creo que no conseguiréis engañar a Mendoza. Es muy astuto.

—Eso corre de nuestra cuenta.

—De acuerdo. Pero sigo aconsejándote que debes

marchar de aquí.

—No pienso retroceder.

—Os ayudaré en todo lo que pueda.

—Una de las pistas será descubierta en tu local.

—No te comprendo... —Dijo Ivonne, extrañada.

—Los hombres de Mendoza y Savac son asiduos clientes tuyos, ¿verdad?

—Sí.

—Pues debes anotar el gasto que hacen sus hombres.

—Tienes mucha razón. Creo que te comprendo y te diré que efectivamente siempre me extrañó que unos vaqueros que cobran tan sólo cuarenta dólares al mes, puedan gastar el doble.

—¿Estás segura?

—Podría asegurártelo sin temor a engañarte, pero pronto lo comprobaré.

—Será algo muy importante. Lo demás nos resultará sencillo. Solamente tendremos que obligar a uno de esos vaqueros a que confiese.

—Bien. Si lo deseas, nos acercamos hasta la escuela. Te presentaré a la hija de Glen Penton e iremos con ella hasta su rancho para hablar con el padre.

—Vamos... No digas nada a Glen. Sólo en caso de necesidad le confesaré la verdad. ¿De acuerdo?

—Puedes confiar en mí. Le diré que eres un gran amigo mío de hace años y estoy segura que no te negará un puesto en su rancho.

—¿Tiene muchos vaqueros?

—No, solamente tres o cuatro.

—¿No le van bien las cosas?

—De mal en peor. Mendoza y Savac llevan tiempo intentado comprarle el rancho.

—Bien, vayamos a visitar a esa maestra. Pero no convendría que nos viesen juntos.

—Saldré yo primero. Después lo harás tú. La escuela la encontrarás al final de esta calle, a la derecha.

Ivonne salió del reservado.

Unos pocos minutos más tarde lo hizo Sam. Después

de atravesar el saloon, salió a la calle y se encaminó directamente hacia la escuela.

Cuando estaba llegando, vio un grupo muy numeroso de curiosos a la puerta de la escuela y preguntó a uno de ellos:

—¿Qué sucede?

—Los hombres de míster Savac que están obligando a salir de la escuela a los niños.

—¿Por qué motivo?

—Por molestar a la maestra. ¿Es que eres forastero?

—Sí.

—Entonces comprendo que preguntes.

—¿Y ustedes lo permiten?

—¿Qué quiere que hagamos? ¿Que nos suicidemos?

—No lo comprendo...

—Si permanece una temporada en este pueblo, nos comprenderá tan pronto como conozca a los hombres de Savac o a los de Mendoza.

Y el que habló, se alejó de Sam. Sam, curioso, se abrió paso entre los reunidos llegando a ponerse en primera fila.

Los niños salían corriendo de la escuela. Uno de estos niños, dijo:

—Y ahora obligarán a la señorita a bailar con ellos. ¡Son unos cobardes!

Sam vio a Ivonne, que también se abría paso entre todos los curiosos.

Se cruzaron la mirada y la joven le sonrió.

—¡Vaya! ¡Ya estáis otra vez con las mismas! —Gritó Ivonne a los dos vaqueros que estaban a la puerta de la escuela—. ¡Terminaréis colgando de cualquier árbol!

—¡Oye! No debes inmiscuirte en nuestros asuntos, Ivonne. No va nada contigo.

—Pero lo que hacéis con esa muchacha es una gran cobardía.

—Será preferible que guardes silencio. Si te oyera Larry tendrías que sufrir tú también.

—¡No! ¡Ese cobarde sabe que conmigo no le valdrían

estos abusos! ¡Le mataría!

—Ya sabemos que siempre llevas un «Colt», así que tan pronto como hicieras un movimiento sospechoso, dispararíamos sobre ti.

—Piensa que en estos días hay muchos forasteros aquí y que como no os conocen, no os temen. Si se enteran de estos abusos, os costará muy caro.

—¡He dicho que guardes silencio! —Gritó enfadado el vaquero—. Larry sólo desea hablar con la maestra para conseguir que le dé unas clases.

—Así es, ¡pero de baile! —Añadió el compañero del vaquero.

Los dos se echaron a reír.

Ivonne, avanzando tranquila, dijo:

—¡Dejadme entrar!

—No entrarás, Ivonne. Así que será preferible que te alejes. —Y el vaquero, dirigiéndose a los curiosos, gritó—: ¡Y vosotros ya os estáis largando de ahí!

Sam, muy sorprendido, comprobó que los curiosos obedecían en el acto, lo que le demostraba que aquellos hombres eran mucho más temidos de lo que en un principio sospechó.

Sólo él se quedó allí frente a la puerta del colegio.

Uno de los vaqueros, al verle, dijo:

—¿Es que no has oído?

—¿El qué...? —preguntó Sam a su vez haciéndose el distraído.

—¡Que te largues de ahí!

—¿Por qué habría de hacerlo?

Los dos vaqueros se miraron entre sí y uno de ellos dijo al otro compañero:

—No debes tomar en cuenta las palabras de ese muchacho. Es forastero.

—¡Pues que se largue antes de que yo pierda la paciencia!

—No pienso moverme de aquí —dijo Sam, sereno—. He oído lo que esa joven decía y estoy de acuerdo con ella. Lo que hacéis con la maestra es una cobardía que no tiene nombre. ¡Quietos! ¡Levantad las manos!

Sam, al ver el movimiento que habían hecho los dos vaqueros, se les adelantó en sus intenciones empuñando rápidamente las armas.

Los dos vaqueros, completamente sorprendidos de aquella velocidad, retrocedieron aterrados.

—He debido disparar sobre vosotros por vuestra cobardía, ya que pensabais disparar sobre mí sin que os hubiera dado motivos para ello.

—No. Sólo queríamos obligarte a marchar de aquí... —Dijo uno, haciendo un esfuerzo por serenarse—. Si sale Larry y te ve aquí, te costaría un serio disgusto.

—¿Cuántos hay ahí dentro? —Preguntó Sam.

—Larry y dos más —respondió el mismo.

—Señorita, ¿quiere desarmar a esos dos...? —Dijo Sam a Ivonne.

Cuando estuvieron desarmados, dijo Sam:

—Ahora podéis alejaros de aquí. Si cuando salga os encuentro, dispararé sobre vosotros a matar.

Los dos vaqueros le miraron con intenso odio, pero obedecieron.

Ivonne, viéndoles marchar, comentó:

—Pronto regresarán con nuevos arsenales a sus costados y te esperarán para disparar a traición sobre ti, ya que han podido comprobar que eres excesivamente peligroso.

—Si cometieran esa equivocación, no tendría más remedio que matarles.

—Entonces, no debes entrar ahí... —Dijo Ivonne señalando hacia la escuela—. Los que están dentro te distraerán en espera de sus compañeros.

—No conseguirán sorprenderme nunca. Ya me irás conociendo con el tiempo.

—Esta bien, pero de todos modos, yo vigilaré desde aquí —agregó Ivonne .

Sam, con las armas empuñadas, se asomó al interior de la escuela. Al ver la escena, tuvo que hacer verdaderos esfuerzos para no disparar sobre aquellos tres cobardes.

Los tres del interior tenían rodeada a la maestra, que era una muchacha muy bonita, y pretendían besarla. La joven luchaba ferozmente para librarse de aquellos rostros repulsivos.

Sin pensarlo más, entró rápido y disparó una sola vez al aire. Los tres vaqueros de Savac se separaron de la muchacha y al ver a aquel forastero con los «Colt» empuñados, quedaron sorprendidos.

—¡Sois unos miserables cobardes! —Gritó Sam—. No comprendo cómo no he disparado sobre vosotros... ¡Sois repulsivos!

Selma, como se llamaba la maestra, corrió rápida a refugiarse tras Sam.

—Debe tranquilizarse, miss...

—Selma Penton... —Dijo con dificultad la joven.

—Estos cobardes no volverán a repetir este abuso, porque les voy a matar.

—¡Escucha, muchacho...! Eres forastero y no sabes bien lo que puede...

—¡Eres un miserable! ¡Tiemblas ahora como un cobarde que eres! —Le interrumpió Sam—. ¡Os voy a matar como lo que sois!

Los tres vaqueros de Savac se miraron sorprendidos, ya que no comprendían que sus otros dos compañeros se hubieran alejado de la puerta.

Como Sam les veía mirar hacia la puerta, comentó:

—No esperéis la ayuda de esos otros dos cobardes que quedaron en la puerta. Les he desarmado y les obligué a marchar.

—Es posible que este muchacho tenga mucha razón. —Dijo Larry, que había conseguido serenarse—. Esta vez nos hemos excedido y espero que miss Selma sepa perdonarnos, ya que es el exceso de alcohol ingerido lo que nos ha obligado a actuar en esta forma. Merecemos la muerte, pero debes comprender, muchacho, que los hombres con exceso de whisky en el estómago hacemos cosas que no las haríamos jamás en estado normal.

Capítulo 4

Era sensato lo que decía.

Sam, fijándose bien en los tres, pudo comprobar que a simple vista se podía apreciar el exceso de alcohol en los tres vaqueros.

Por eso dijo:

—Todo depende de miss Selma Penton. Si ella os perdona, por mí no habrá inconveniente.

Larry y sus dos amigos, al escuchar estas palabras, respiraron con tranquilidad.

—¿Usted qué dice? ¿Les perdona?

—Aunque son varias veces las que han pretendido abusar de mí, espero que esto les sirva de lección —dijo la joven tras Sam—. Deje que se marchen.

—Pero quiero advertiros, que mientras yo esté aquí, si vuelve a suceder algo parecido os buscaré y os mataré donde os encuentre. ¡Ahora podéis marchar!

Larry y sus compañeros no se hicieron repetir la orden y se encaminaron hacia la puerta. Pero Sam dijo:

—¡Un momento!

Los tres se detuvieron.

—Para mayor tranquilidad nuestra, os desarmaré —agregó Sam.

Y dicho y hecho.

Larry, al verse desarmado, se mordió los labios con rabia, ya que esperaba disparar contra aquel joven cuando saliera de la escuela.

En silencio salieron.

Ivonne, al verles salir, comentó:

—¡No debéis jugar con ese muchacho, Larry! ¡Es muy peligroso!

—¡Ya te lo diré en nuestro próximo encuentro!

—Procura no encontrarle en muchos años. Es un consejo si deseas seguir viviendo.

—¿Le conoces?

—No. Pero he visto cómo ha desarmado a vuestros compañeros.

—¡Les sorprendería como a nosotros! ¡Pero no le daremos tiempo a arrepentirse! —Rugió muy enfurecido Larry con la sonrisa de Ivonne.

Y siguieron su marcha.

Ivonne no perdía de vista a los transeúntes y le costaba mucho trabajo creer que los otros dos no hubieran regresado con ideas homicidas.

Selma se aproximó a Sam y le dijo:

—No sé cómo agradecerle lo que ha hecho por mí.

—No tiene importancia.

—Eso puede que lo crea usted, pero yo conozco a esos hombres. ¡Hubieran sido capaces de todo! ¡Sólo el pensarlo me horroriza!

—Debe serenarse y marcharse a su casa. Si no le molesta, le acompañaré.

—No. Al contrario, así tendré ocasión de agradecerle lo mucho que le debo. Mi padre se alegrará mucho de conocerle.

—Pues salgamos antes de que ésos regresen con otras intenciones.

—A partir de ahora, debe vivir muy alerta el tiempo que esté aquí —aconsejó Selma—. Son muy peligrosos, y lo peor es que carecen de toda clase de escrúpulos.

—Lo tendré en cuenta.

Cuando salieron al exterior, Ivonne se unió a los dos jóvenes.

—Deberías escuchar mis consejos, Selma —decía Ivonne a la joven—. Mientras los hombres de Savac y Mendoza sigan dominando a los habitantes de este pueblo, quédate en tu rancho.

—Ya, pero, ¿quién enseñaría a los niños, Ivonne...? —Dijo Selma, sonriente.

—Los padres tendrían que comprender que es justo.

—Espero que después de lo que hoy ha sucedido, me dejen tranquila.

—Yo me pienso encargar de ello, si es que fuera preciso —dijo Sam.

—Bueno, y ahora, acompáñanos hasta el rancho, Ivonne —dijo Selma.

—No. Prefiero quedarme aquí. Tengo muchas cosas

que hacer hoy.

—No debes seguir ayudándome, Ivonne... —Dijo Selma al despedirse—. Los hombres de Murphy Savac empiezan a odiarte profundamente.

—Pero no se atreverán a hacerme nada. Ellos saben que sé defenderme y que hay varios empleados en mi casa que son peligrosos.

—De todos modos, procura no demostrar tu odio hacia la hija de Mendoza. Es la más peligrosa de todos ellos, y no lo comprendo, porque tiene un rostro de ángel y es muy bonita.

—En el fondo, es un coyote —dijo Ivonne, haciendo sonreír a Sam.

Se estaban despidiendo, cuando dijo Ivonne:

—¡Cuidado, Sam! Ahí vienen los dos que estaban a la puerta de la escuela. Y vienen armados.

Sam se fijó en los dos vaqueros que avanzaban por el centro de la calzada, sonrientes.

En voz baja, dijo a las dos mujeres:

—Estaré mucho más tranquilo si sé que no están ustedes a mi lado.

—Pero... —Empezó a decir Selma, cuando Ivonne, cogiéndola de un brazo, la separó.

Cuando ya estuvieron varias yardas separadas del joven, dijo Ivonne:

—De este modo estará sólo pendiente de esos dos.

—Pero debemos evitar que luchen —dijo Selma, nerviosa—. Sam es un muchacho que me agrada y no me perdonaría que por mi culpa le sucediera alguna desgracia.

—No te preocupes, no le sucederá nada.

—¿Le conoces?

—Sí. Ha venido a Tucson recomendado a mí por un gran amigo mío.

—¿Se quedará aquí?

—Por lo menos una larga temporada.

—A pesar de sus ropas, no parece un vaquero.

—Pues lo es.

—No se... Sus modales no lo demuestran. ¿Trabajará en tu saloon?

—No. Desea trabajar de vaquero y yo le he dicho que hablaría contigo para que tu padre le admitiera.

—Pero tú sabes que mi padre no puede admitir más vaqueros. No tenemos medios para pagarles.

—Ese muchacho trabajará aunque sea sin cobrar.

—No te comprendo —dijo algo extrañada, Selma—. ¿Trabajar sin cobrar?

—Creo que lo hará gustoso después de conocerte.

—¿Viene buscando a alguien o algo?

—No lo sé.

—¿O no quieres decírmelo?

No pudo responder Ivonne, porque en esos mismos momentos, uno de los vaqueros de Savac dijo en voz alta para ser escuchado por todos los transeúntes:

—¡Ahora estamos en igualdad de condiciones! ¡No podrás sorprendernos otra vez como lo hiciste hace unos minutos!

Sam no dijo nada, se concretó a vigilar a aquellos dos hombres.

—Será preferible que me dejéis tranquilo —dijo Sam—. No quisiera verme obligado a disparar sobre vosotros. Os mataría a los dos

—Te olvidas que ahora estamos armados.

—Y, también lo estabais a la puerta de la escuela —agregó Sam—. Pero fue sencillo para mí encañonaros y desarmaros.

—¡Ahora no podrás adelantarte!

—¡Eres un ventajista!

Los testigos, al escuchar estas palabras, se miraron sorprendidos, al tiempo que se alejaron unas yardas de los que discutían, y, sobre todo, los que estaban a la espalda de Sam.

—Veo que los que están a mi espalda no se fían mucho de vuestra seguridad —comentó Sam, sonriendo—. Lo que me indica que estáis acostumbrados a fallar.

—¡Pronto te convencerás de tu error, muchacho!

—No debiste entrar en Tucson —agregó el otro—. Y sobre todo, no debiste meter las narices donde no te llamaban. Ha sido un nefasto error.

—¿Por qué no decís a los que os escuchan el motivo por el cual os desarmé?

—¡Nos sorprendiste! —Gritó uno de ellos—. ¡De lo contrario, jamás lo hubieras conseguido!

—¡Miss Selma Penton...! —Dijo Sam—. ¿Quiere explicar a todos lo que hacían con usted en la escuela los cobardes éstos?

—Escucha, muchacho...

—¡No...! Primero deja que miss Selma explique lo que hacíais.

Selma, dirigiéndose a los curiosos, dijo:

—Después de obligar a los niños a abandonar la escuela, trataron de abusar de mí.

—Es suficiente, miss Selma —dijo Sam.

—Eso no era un secreto para nadie... —Comentó Ivonne—. Todos los que son de aquí, saben que los hombres de Savac molestan continuamente a Selma. Y, añadiré algo más: lo hacen por orden directa de su patrón, ya que no puede perdonar a esta muchacha que le despreciara.

—Lo que demuestra que su patrón es el mayor cobarde del grupo —dijo Sam.

Los reunidos en medio de la calzada se miraron sorprendidos. No comprendían que hubiera alguien tan loco para hablar en la forma que aquel muchacho lo hacía de míster Murphy Savac.

—Puedes hablar cuanto quieras —dijo uno de los vaqueros—. Te quedan pocos minutos de vida.

—No debiste detenerte nunca en Tucson —agregó el otro—. Fue una equivocación.

—Si encuentro trabajo aquí, como espero, muy pronto habrá disminuido el número de cobardes en este pueblo —dijo Sam.

—¡Esto es demasiado! —Gritó uno de los hombres.

—Tenéis el remedio en vuestras mismas manos.

Mejor dicho, al alcance de vuestras manos. Pero es igual que si las tuvieseis atadas, ya que jamás llegaréis a empuñar vuestros «Colt».

Selma, al ver la actitud de los dos hombres de Savac, se cogió nerviosa a un brazo de Ivonne.

Esta, sonriendo, dijo:

—No debes temer nada, Selma. Llegado el momento, serán las armas de Sam las que dirán la última palabra.

—Mi padre asegura que los hombres de Savac son todos buenos pistoleros.

—Pero es muy superior el enemigo que tienen hoy frente a ellos.

—Pero aunque sea así, ¿no te das cuenta que son dos contra uno? —Agregó Selma.

—Yo conozco bien a los hombres y sé que no podrán con él —añadió Ivonne—. Y los hombres de Savac se están dando cuenta de la clase de enemigo que tienen frente a ellos. De no ser así, ya hubieran movido sus manos. Tienen miedo.

Selma guardó silencio para atender a los que discutían.

Ivonne sonreía, segura del triunfo de Sam. No sabía por qué, pero tenía confianza en aquel muchacho.

Uno de los hombres de Savac dijo:

—Hablas demasiado, muchacho, y no te das cuenta de que estás en desventaja.

—Pero, ¿es porque tenéis las manos más próximas a las armas que yo?

—Y porque somos dos contra ti.

—A pesar de esa ventaja y del número, nunca conseguiréis llegar a vuestras armas.

—Empiezo a sentir pena por ti. Eres un muchacho que empieza a agradarme —dijo uno de los vaqueros—. Pero no tendré más remedio que matarte después de lo que has hablado.

—Yo espero con impaciencia que mováis vuestras manos. Quiero que seáis los primeros en iniciar el movimiento.

—Creo que no estás en tu juicio, muchacho.

—Me conozco y sé que podré jugar con vosotros, y lo haría aunque tuvieseis las armas empuñadas.

Era un muchacho que ya empezaba a ganarse las simpatías de todos los que escuchaban. Aunque muchos pensaran que era un fanfarrón.

—Si nos conocieras, no hablarías así.

—Os he conocido muy bien —dijo Sam—. Además, mi buen olfato me asegura que estoy frente a dos sucios cobardes.

Todos esperaban que después de este nuevo insulto, los hombres de Savac movieran inmediatamente sus manos, pero no fue así.

Uno de ellos dijo:

—Me gustaría que estuviera aquí nuestro patrón.

—¿Para qué...? —Interrogó Sam—. ¿Para que viera que sus hombres no son lo que él cree que son en la realidad?

—Empiezo a sentir pena por ti, muchacho.

—No. Lo que sucede es que no os atrevéis a mover vuestras manos porque empezáis a estar seguros del resultado —dijo Sam, sin dejar de sonreír.

Así era. Los dos vaqueros que se enfrentaban a Sam empezaban efectivamente a no estar tan seguros de su triunfo, y par ello no se decidían a mover sus manos. Aquella sonrisa constante y tranquila de Sam les había puesto bastante nerviosos.

Pero ya no podían retroceder en sus propósitos.

Sam agregó:

—Si queréis seguir viviendo algunos años más, será preferible que me dejéis tranquilo. Aún estáis a tiempo de retroceder en vuestros propósitos y no debéis olvidar que es preferible decir «aquí huyó un cobarde» que no «aquí murió un valiente».

Los testigos sonreían escuchando a Sam.

—¡Te mataremos cuando lo creamos conveniente! —Bramó uno—. ¡Cuando nos cansemos de escucharte!

—Si tardáis un minuto más, todos se darán cuenta

de vuestro miedo.

—¡Tú lo has querido!

Y los dos hombres de Savac movieron sus manos a gran velocidad en busca de las armas.

Selma gritó asustada al ver aquel movimiento y se cubrió el rostro con sus manos.

Pero Sam cumplió su palabra. Disparó solamente dos veces, que a los testigos les pareció una sola, y los dos hombres de Savac cayeron sin vida.

Como había asegurado Sam, ninguno de ellos había conseguido desenfundar.

Los que lo habían presenciado, se miraron muy sorprendidos. Conocían bastante a los pistoleros y sabían que eran muy veloces.

Selma, al oír las terribles detonaciones, se descubrió el rostro y, al ver a Sam sonriente, una sensación extraña de alegría invadió su cuerpo.

—Debieron escuchar mi consejo y no provocarme. —Comentó Sam—. Creo que no serán los últimos que se equivoquen conmigo.

Ivonne, sonriendo, dijo a Selma:

—Ya te decía yo que no tenías nada que temer por ese muchacho.

—Me alegra que no le haya sucedido nada. Pero, lamentablemente, de ahora en adelante, serán muchos los que querrán matarle.

—Si lo hacen de frente y en lucha noble, no tienes nada que temer por Sam.

Sam, sin dejar de sonreír, se estaba aproximando a las dos jóvenes. Luego, dijo a Selma:

—Cuando usted quiera, podemos marchar hacia su rancho. Aquí no queda nada por hacer.

—No debéis entreteneros mucho —dijo Ivonne—. Larry y los otros dos, tan pronto como se enteren de lo sucedido, no tardarán en presentarse.

—Lo sentiría por ellos —comentó Sam.

—Es muy peligroso que conozcan tu habilidad con las armas —agregó Ivonne—. Si se dan cuenta que no pueden contigo de frente, no dudarán en disparar por la espalda.

—Eso es muy peligroso en el Oeste, y tú lo sabes.

—Pero lo harán.

—Sí. Será preferible que marchemos cuanto antes... —Dijo Selma, poniéndose en movimiento.

Ivonne y Sam la siguieron.

Pero no habían llegado al saloon de Ivonne, donde Sam tenía el caballo amarrado a la barra, cuando se presentó el sheriff, diciendo:

—¡Un momento, muchacho! ¡Un momento! Hemos de hablar tú y yo.

Sam, fijándose en el sheriff, dijo:

—¿Qué desea de mí?

—Has matado hace dos minutos a dos hombres y...

—Será preferible que interrogue a los testigos.

—Ya lo he hecho.

—¿Y qué le han dicho?

—Que has demostrado que eres un pistolero muy peligroso.

—Pero también le habrán dicho que no fui yo quien provocó, ¿verdad?

—Así es.

—Entonces, no creo que tengamos nada que hablar.

—¡No me gustan los pistoleros! —Gritó el sheriff, molesto por la sonrisa de quienes escuchaban.

—¡Ni a mí los sheriff cobardes...! —Dijo Sam—. Usted ha demostrado serlo, ya que esta protegiendo a los hombres de ese Savac a sabiendas de que abusan de miss Selma Penton. Pero le advierto que la próxima vez le buscaré a usted y le arrancaré una oreja. ¡Está advertido! Ahora déjenos en paz. Le aseguro que esa placa es una tentación para mis armas.

El Sheriff palideció visiblemente, y se alejó de allí sin hacer el menor comentario.

Capítulo 5

Era un motivo de gran preocupación para él, por lo que Glen Penton recibió con cariño a Sam después de escuchar a su hija. Agradeció muchísimo lo que aquel joven había hecho en favor de su hija.

Y Selma, después de mucho hablar, convenció a su padre para que admitieran a Sam a trabajar.

—Muy bien. De acuerdo —dijo Glen Penton—. Puedes quedarte a trabajar aquí, pero te aseguro que no sé si podré pagarte.

—No; no se preocupe. Para mí, eso es lo de menos, míster Penton. No soy nada ambicioso y trabajaré por la comida.

—Sería un abuso por mi parte.

—Entonces, me pagará cuando pueda.

Siguieron charlando amigablemente, y después de comer, dijo Selma:

—¿Quiere que salgamos a dar un paseo y así conocerá el rancho?

—Encantado.

Glen contempló a su hija sonriendo y preocupado. Era la primera vez que veía a Selma tan alegre al lado de un hombre.

Cuando salieron a pasear los dos jóvenes, Glen les contempló. Estaba seguro de que su hija se enamoraría de aquel muchacho si permanecía una temporada en el rancho. Y lo más curioso era que no sabía si le agradaba la idea o no.

En ese momento, un vaquero de edad avanzada se le aproximó, diciendo:

—Creo que Selma terminará por enamorarse de ese muchacho.

—Eso estaba pensando yo —confesó Glen—. Y te aseguro que no sé si me disgustaría. Ese muchacho me resulta muy misterioso. Podría asegurar, sin temor a equivocarme, que no es un vulgar vaquero.

—¿Cómo puedes saberlo?

—Su forma de hablar. No sé cómo explicártelo.

—Lo importante es que sea un buen muchacho y

ver feliz a Selma.

—En realidad eso es lo único que me importa. Quisiera dejarla en manos de un hombre bueno antes de abandonar esta vida.

—Todavía te quedan muchos años de vida y a mí de tener que soportarte.

Los dos se echaron a reír y a continuación hablaron de asuntos del rancho.

—Ya no podemos seguir así, Rusell —dijo minutos después Glen con tristeza—. Nos vamos a quedar sin ganado muy pronto y no tendré más remedio que vender el rancho.

—¡No debes hacerlo!

—No podré pagaros a ninguno de vosotros dentro de un par de meses.

—Pero para entonces, puede que cambien mucho las cosas. Yo tengo confianza en ello.

—No lo espero.

—No se puede ser tan pesimista, Glen.

—Tú sabes tan bien como yo cuál es la situación de este rancho. Y si me asusta es por Selma. Los hombres de Savac y Mendoza nos matan muchas reses.

—Sabemos que no pueden ser otros, pero hemos de descubrirlos para así poder denunciarlos al sheriff.

—El sheriff no hará nada contra ellos, y tú lo sabes muy bien. Estamos solos.

Siguieron charlando animadamente.

Selma, mientras tanto, mostraba el rancho a Sam.

—Parece un rancho maravilloso —comentó Sam.

—Sí, sí. Lo es. Está considerado como el mejor de los contornos.

—Lo que veo son pocas reses.

—No le van muy bien las cosas a mi padre. Todo empezó hace un año cuando un grupo de cuatreros se apoderaron de una gran manada que llevaba a vender a Phoenix.

—¿Llevaba muchas reses?

—La mayoría de las que había en el rancho.

—¿Y no sabe quién fue el cuatrero?

—No. Aunque sospecha que Savac no debe ignorar lo que sucedió.

—¿Cree que fueron los hombres de ese Savac?

—Lo sospecha.

Hablando, siguieron recorriendo el rancho.

Cuando llegaron al límite del rancho por la parte oeste, dijo Selma:

—Ahí comienzan las tierras propiedad de Savac.

—¿Es muy extenso el rancho de ese hombre?

—Sí.

—¿Tiene mucha ganadería?

—Eso dice mi padre. Aunque asegura que Mendoza tiene muchas más cabezas que ninguno.

—¿Quién es ese Mendoza?

—Un mexicano que tiene su rancho justo al sur del nuestro. Un hombre muy amable en apariencia, pero verdaderamente peligroso. Sus hombres y los de Savac son muy temidos en Tucson.

—¿Son amigos?

—No. Se llevan bastante mal. No se hablan entre ellos y los vaqueros de ambos suelen pelear cuando se encuentran en Tucson. Las únicas que se llevan muy bien son las hijas de esos dos rancheros, por cierto que son muy bonitas.

—¿Más que usted? —Preguntó Sam, mirando muy fijamente a la joven.

Selma, completamente ruborizada, respondió:

—Mucho más.

—Lo dudo —agregó Sam.

Selma, nerviosa, obligó a galopar al caballo.

Sam, sonriendo, la siguió.

De pronto. Selma se detuvo al ver una bandada de aves de carroña elevarse tras unas piedras que estaban cercanas.

Cuando se aproximó Sam, comentó la joven:

—¡No puedo remediarlo...! ¡Pero esos bichos me ponen nerviosa!

—Es totalmente natural —dijo Sam—. Son aves muy desagradables.

—¿Qué estarían haciendo ahí detrás?

—Posiblemente alguna res muerta.

—¿Nos acercamos?

—Vamos.

Cuando llegaron tras las rocas, un grupo muy numeroso de aves con sus graznidos puso frío en la médula de Selma.

Se cubrió el rostro para no ver la escena.

Había allí cuatro reses muertas, completamente despedazadas por aquellas aves.

Sam, en silencio, se llevó a la joven de aquella zona.

—No comprendo cómo han podido morir a la vez los cuatro —comentó Sam.

—No mueren —dijo la joven—. Las matan.

—¿Quién? —Interrogó Sam, intrigado.

—No lo sabemos. Aunque no pueden ser otros que los hombres de Savac o Mendoza.

—¿Suelen matar muchas cabezas?

—No puedo decírselo. Mi padre no habla nunca conmigo sobre estos asuntos.

—¡Esto es un crimen! ¿Qué dice el sheriff?

—Que debe vigilar mejor para poder cazar a quienes se dedican a hacer eso.

—Hablaré con su padre sobre esto en cuanto lleguemos al rancho.

Siguieron paseando y hablaron de infinidad de cosas. Selma se sentía alegre y feliz con la conversación tan amena que Sam tenía.

El muchacho tuvo que hablar mucho del Este y de la vida en aquella zona.

Selma le escuchaba admirada.

Cuando regresaron a la vivienda, el sol empezaba ya a declinar.

El calor era casi insoportable.

Pero ninguno de los dos jóvenes lo creyeron así, lo que demostraba al viejo Glen que ambos jóvenes se sentían a gusto juntos y a solas.

Cuando Sam dijo lo que había descubierto, comentó el viejo Glen:

—Ya. Lo descubrirás con bastante frecuencia. Pero no podemos hacer nada por evitarlo. Estoy totalmente seguro que son los hombres de Savac y Mendoza, para obligarme a vender el rancho. Pero no puedo demostrar que sean ellos.

—Muy bien. Seré yo quien vigile de noche. ¿Por qué zona suelen matar las reses?

—Hasta ahora, por donde más han aparecido, es por donde habéis descubierto las de hoy.

—Vigilaré esa zona.

—Perderás el tiempo, ya que he mandado retirar todo el ganado de esa zona.

—Tengo otra idea superior —dijo Sam, sonriendo—. ¿Por qué no hacemos también nosotros lo mismo con el ganado de ellos?

—Porque no podría disparar nunca sobre una res. Siempre me crié entre estos animales y no tendría valor para oprimir el gatillo sobre esos indefensos animales.

—Lo haré yo.

—Pero con ello no adelantaríamos nada... —Dijo Glen—. Agradezco mucho tus intenciones, pero no solucionaríamos nada.

—Puede que esté usted en lo cierto.

—Si quieres ayudarme a descubrir a los cobardes que me van matando el ganado, tendrás que vigilar la zona donde he enviado las reses, aunque no creo que se atrevan a aproximarse tanto a la vivienda.

—¿Está el ganado cerca de aquí?

—A menos de una milla. A esa distancia podremos oír los disparos.

—Dormiré de día y vigilaré de noche. Le aseguro que los descubriré.

Charlaron de otros asuntos, y de pronto, dijo Sam:

—Estoy esperando que lleguen dos amigos míos. Le ruego que les dé trabajo.

—Pero si ya sabes cuál es mi situación...

—Entre los tres le ayudaremos mucho, y al mismo tiempo nos hará usted un gran favor. De momento, no puedo hablar con sinceridad, pero lo haré más adelante. Debe confiar en mí y en mis amigos. Sabemos que es usted hombre de quien se puede fiar.

Glen estaba mirando a Sam en completo silencio y muy preocupado.

No acababa de comprender a aquel muchacho.

—No sé qué quieres darme a entender.

—Me habló un buen amigo suyo, el cual, me aseguró que podíamos confiar en usted. Pero de momento no hablaré y ruego que no me obligue a mentirle.

—Bien, pero ¿puedes decirme tan sólo el nombre de ese amigo?

—Pat Hesketh.

—¡Pat Hesketh! ¡Viejo zorro! —Gritó Glen—. ¿Qué tal está ese muchacho?

—Muy bien.... ¡Ah! Y, me rogó que le diera un gran abrazo de su parte.

—Podéis confiar en mí. Os ayudaré en todo lo que me sea posible.

—Lo sabía. Pero no olvide que nadie debe conocer, ni su propia hija, que somos amigos de Pat y que hemos sido recomendados a usted por él. No me he atrevido ni a decírselo a Ivonne.

—Puedes confiar en esa muchacha. Espero que Pat y ella terminarán por casarse. Si no lo hicieron antes, es porque los dos son muy tozudos.

—Lo sé. Pero prefiero que no sepa que ya venía recomendado a usted. Todos tienen que pensar que por agradecimiento, por lo que hice con su hija, me dio este trabajo.

Estuvieron hablando los dos hombres durante mucho tiempo.

* * *

Al día siguiente, Sam acompaño a Selma hasta la escuela.

De regreso, visitó a Ivonne.

Así transcurrieron dos días más sin que los hombres de Savac aparecieran por la escuela, con gran alegría de Selma.

Por las noches, Sam vigilaba el ganado, que no era mucho, en espera de ver aparecer a los que se dedicaban a sacrificar las reses. Pero durante las tres primeras noches no apareció nadie.

—Creo que no se atreverán a aproximarse tanto a la vivienda —comentó Russell, que se había hecho muy amigo de Sam.

Así pensó Sam también y dejó de vigilar el ganado.

Pero cinco días más tarde aparecieron tres reses muertas.

—Han utilizado cuchillo —comentó Sam—. Por eso no hemos oído nada.

—¡Cobardes...! ¡Miserables...!

—Seguiré vigilando el ganado de noche.

En estos días, Selma había pasado muchas horas junto a Sam y empezaba a darse cuenta de que se había enamorado del muchacho.

A Sam le sucedía lo mismo.

A Glen le tenía muy preocupado la actitud de los hombres de Savac. No comprendía que no hubieran tratado de vengar a los dos que Sam mató.

—Es una actitud que no comprendo. Muy extraño —decía Glen—. Algo deben tramar.

—No es lo que tú te imaginas —dijo Russell—. El mismo día que murieron esos dos hombres de Savac, por la noche marcharon Larry y el resto de los muchachos con una partida de ganado hacia el Sur. Creo que iban a vender a México.

—¿A México? —Interrogó Sam.

—Sí. Suelen hacerlo con frecuencia —dijo Glen—.

Creo que los generales que pretenden levantarse contra el Gobierno, les pagan mejores precios que aquí.

—Comprendo —dijo Sam—. ¿Por dónde suelen pasar el ganado?

—Por Nogales.

—Si es así, ¿cómo no venden a México los ganaderos de toda esta comarca?

—Varios pretendieron vender, pero no encontraron compradores, y, los que encontraron ofrecían mucho menos de lo que se consigue en Phoenix.

—No lo comprendo. ¿Por qué razón no venden a los mismos generales?

—Sólo compran cuando necesitan, y sólo Savac y Mendoza lo saben.

—Entiendo.

Selma se aproximó rápidamente a los tres hombres, interrogando a Sam:

—¿Me acompañas hasta Tucson?

—¿Dónde vas? —Interrogó, a su vez el padre.

—Voy a visitar a Ivonne.

—Pero puedes hacerlo mañana, cuando vayas a la escuela. Es lo mejor

—Es que, además quiero visitar a uno de los niños de la escuela, que creo está muy enfermo.

—Iré contigo.

Y los dos jóvenes se pusieron en marcha.

No dejaron de hablar hasta que desmontaron ante el saloon de Ivonne.

Pero como estaba abarrotado de clientes, dijo Sam:

—Creo que no deberíamos entrar.

—Es que quería decirle que me esperase mañana para que nos acompañara a ver los festejos.

—¿Comienzan mañana?

—Sí. Eso aseguran todos, y no creo que el sheriff vuelva a retrasarlos.

—He oído decir que hasta que regresen los hombres de Savac no darán comienzo.

—Puede que lleguen mañana.

—Será así. ¿Dónde vive ese niño?

—No está muy lejos de aquí. ¿Me acompañas?

—Vamos.

Cuando llegaron a la casa, dijo Sam:

—Yo te espero aquí.

—No tardaré mucho.

—Puedes tardar, no hay prisa.

—Muchas gracias —dijo sonriéndole, al tiempo de mirarle a los ojos.

Entró Selma, y Sam se sentó bajo el porche para protegerse del sol.

Cuando salió la joven media hora más tarde, preguntó Sam:

—¿Qué tal está el niño?

—Mejor. Pronto estará bueno.

—Me ha parecido oírte hablar en español.

—Así es. Es el idioma de esta familia.

—¿Mexicanos?

—Sí. El padre trabaja con Mendoza.

—¿Qué tal persona es?

—Es un hombre muy agradable. Ya le conocerás.

—¿Mendoza?

—No. El padre de ese muchacho.

Mientras hablaban, estaban caminando hacia el local de Ivonne.

Al llegar, y como vieron que estaba tan concurrido como antes, dijo Sam:

—Será preferible que me esperes aquí, mientras yo entro a avisar a Ivonne. Creo que es mejor que sea ella quien salga.

—Es que deseo beber un refresco.

—Está bien. Pasemos.

Y después de no pocos esfuerzos, al fin consiguieron aproximarse al mostrador.

Tan pronto como los vio Ivonne, salió al encuentro de ellos.

—No has debido entrar aquí, Selma. Ni tú haberlo consentido. Estos días hay muchos forasteros que pueden confundirla.

—He sido yo la culpable, Ivonne.

—Bien, pero que sea la última vez —dijo Ivonne, enfadada—. Venid conmigo hasta mis habitaciones.

Sam temía que alguno se metiera con Selma, pero por suerte no sucedió nada.

—¿Para qué habéis venido?

—Quería decirte que mañana nos esperaras para ir a ver los festejos los tres juntos.

—Me lo podría haber dicho Sam.

—Es que me apetecía un refresco.

—¿Vengo a buscarte mañana?

—Sí. Estaré preparada.

Charlaron animadamente durante más de una hora y después los dos jóvenes marcharon hacia el rancho.

Sam estaba empezando a preocuparse bastante por la tardanza de sus amigos.

Ya tenían que estar allí. Por lo menos, él les esperaba hacía tres días.

Capítulo 6

—¡Oye, acércate...! ¡Dinos...! ¿Eres tú la propietaria de este establecimiento?

Ivonne se fijó en los dos vaqueros y respondió:

—Sí. ¿Por qué razón?

—Nos envía un amigo —dijo uno de ellos, en voz baja—. ¿Conoces a Sam Reinach?

—No. Es la primera vez que oigo ese nombre —dijo Ivonne, sin dejar de fijarse en aquellos dos muchachos.

—No comprendo que no le conozcas —agregó el otro vaquero—. Es el mejor jinete que tuvo el ejército del Norte durante la guerra.

—¡Un momento! Creo que empiezo a recordar algo —dijo Ivonne, sonriendo—. Pasad a un reservado.

Los dos vaqueros obedecieron en silencio.

Ivonne no tardó mucho en reunirse con ellos.

—¿Por qué os habéis retrasado tanto?

—Tuvimos que hacer unas cosas.

—Pues Sam ya empezaba a preocuparse por vuestra extraña tardanza.

—Pero nosotros traemos muy buenas noticias para él. Se pondrá muy contento.

—Bien. Tenéis que presentaros en el rancho de Glen Penton. Creo que ya os esperan, Sam ha sabido hacer bien las cosas.

—¿Ha conseguido descubrir algo?

—Que yo sepa, no.

—Lo esperaremos aquí.

—Ya sabéis que podéis disponer de mi casa a vuestro completo antojo.

—Gracias. Mi nombre es Danish Beck, el de éste, Phil Grandfield.

Ivonne saludó a los dos jóvenes, y minutos después abandonaba el reservado.

Los muchachos siguieron bebiendo.

Estaban tan tranquilos cuando varios disparos se oyeron en el saloon.

Se asomaron un poco al mirador que comunicaba el reservado con el resto del local y vieron a un grupo de hombres armados.

Estos decían a los asustados reunidos:

—¡Un minuto para abandonar el local!

Los clientes se atropellaron para salir del local de Ivonne. No había transcurrido un minuto, cuando el local estaba completamente solitario.

En ese momento, Ivonne, encarándose directamente con aquellos hombres armados, les dijo:

—¿Quién os ha ordenado esto?

—Yo —dijo una joven bellísima.

—!Vaya... vaya!... ¡No podía ser otra...! —Dijo, a su vez, Ivonne—. ¿Qué deseas?

—Queremos tener este local para nosotros, ya que han sido nuestros vaqueros quienes han triunfado en los primeros ejercicios —dijo la misma joven.

Otra joven entró, diciendo:

—No debes odiarnos más, Ivonne. Solamente nos quedaremos con tu local por unas horas. Los muchachos han demostrado en los festejos de hoy que no hay otros que les igualen y Carol y yo hemos decidido venir a celebrarlo a tu casa. Bailaremos con nuestros hombres hasta que nos cansemos, y después este establecimiento será público.

—!Nada de eso...! ¡No estoy dispuesta a consentirlo! —Gritó Ivonne.

—Si no deseas que nuestros hombres bailen contigo, será preferible que no intentes nada —dijo Carol.

—Cada día os odio más... —Agregó Ivonne—. Pero tendréis que pagar la bebida al precio que yo imponga.

—Eso no nos preocupa —dijo Carol—. Nuestros padres pagarán gustosos.

—¿Y, desde cuándo tu padre se habla con el de Grace? —Interrogó Ivonne, sonriendo—. Yo creí que se odiaban.

—Han decidido olvidar cosas pasadas y han vuelto a ser tan amigos como eran.

—Creo, patrona, que ustedes dos son pocas mujeres para bailar con todos nosotros. Ivonne podía ayudarles

—dijo uno de los hombres de Mendoza, en español.

—Me parece una gran idea —respondió Carol.

—¡No bailaré con ninguno de vosotros! —Bramó Ivonne, en español también—. ¡Odio todo aquello que tenga roce con los Mendoza y los Savac!

—¡Tendrás que arrepentirte pronto de tus estúpidas palabras! —Gritaron las dos jóvenes.

Como si esto hubiera sido una orden, uno de los vaqueros armados, enfundando sus armas, se aproximó a Ivonne.

—Será mejor que no te resistas si no quieres que te obligue a bailar conmigo. Siempre será preferible que lo hagas con agrado.

—¡No intentes aproximarte a mí...! —Gritó Ivonne, retrocediendo al ver aproximarse al vaquero.

Carol y Grace reían complacidas.

Ivonne se resistió, pero comprendiendo que sería totalmente inútil resistirse, decidió bailar hasta que aquellos hombres se cansaran.

Carol y Grace lo hicieron con todos sus hombres.

Danish Beck y Phil Grandfield, que no habían sido vistos en el reservado, se miraron sorprendidos, y Danish dijo:

—Esto no me gusta. Creo que deberíamos hacer algo por Ivonne, ¿no crees?

—En eso mismo estaba pensando.

—Mucho cuidado con todos ésos.

—Yo creo que deberíamos dar un escarmiento a esas dos preciosidades. La más pequeña me encanta.

—Entonces desciende tú hasta el local mientras yo vigilo desde aquí a todos.

Phil se puso en pie y salió al pasillo que comunicaba con el local.

Cuando le vieron aparecer, uno de los hombres de Savac gritó:

—¿Qué haces ahí, muchacho?

Carol y Grace contemplaron a Phil, que avanzaba decidido hacia ellas.

Phil no separaba sus ojos de los de Grace.

Ivonne, sonriendo ampliamente, les contemplaba también. Estaba segura de que aquellos dos muchachos habían decidido ayudarla.

—Bueno. Yo también quiero disfrutar de esta fiesta en vuestra compañía —dijo Phil—. Voy a bailar con esa muchacha tan bonita.

Grace abrió los ojos, sorprendida.

—¡Has debido perder el juicio, muchacho! —Gritó uno de los hombres de Mendoza.

—¿Por qué? ¿Es que no tengo tanto derecho como vosotros? —Interrogó Phil.

—¡Si te aproximas a mí, te cruzaré el rostro con mi fusta! —Gritó Grace.

—Eres demasiado bonita para tener tan malas intenciones —añadió Phil.

—Escucha, muchacho. Esto es una fiesta particular y no queremos ver a nadie aquí que no pertenezca a nuestros equipos —gritó Larry.

—Bueno. Podéis imaginaros que yo pertenezco y asunto concluido.

Grace y Carol miraron sonrientes a Phil. Les hacía gracia aquel muchacho.

—Parece que no te das cuenta de tu verdadera situación, ¿verdad? —Dijo Larry.

—Dejad que sea yo quien se encargue de este loco —dijo Pancho, el capataz de Mendoza, en español.

—No. Será preferible que te quedes donde estás —agregó Phil, en español también—. He dicho que bailaré con esa joven y no me pienso marcharme hasta que lo haya conseguido.

—Bien. Dejad que se aproxime al alcance de mi fusta —dijo Grace—. No creo que tenga el suficiente valor para aproximarse.

—Estás muy equivocada conmigo, preciosa. Y si me obligas, no sólo bailarás, sino que te besaré ante todos tus hombres.

—¡Atrévete si tienes el suficiente valor...! —Gritó

Grace, riendo.

Phil, sin hacer otro comentario, siguió avanzando hasta aproximarse a la joven.

Grace, al ver el rostro sonriente de Phil próximo a ella, elevó su fusta dispuesta a golpearle, pero Phil se había aproximado demasiado a ella y sujetándole el brazo, lo oprimió con fuerza obligando a gritar a la joven de dolor, al tiempo que soltaba la fusta.

—¡Te costará caro! —Gritó Grace—. ¡Matadle!

—¡Quietos! —Gritó Danish, desde el reservado, con los dos «Colt» empuñados.

Los vaqueros de Savac y Mendoza, al fijarse en aquellos dos «Colt», quedaron paralizados.

—¡El menor movimiento sospechoso y disparo a matar sin ninguna duda! —Agregó Danish.

Ninguno de los que estaban en el local se atrevió a moverse. Casi ni respiraban.

Ivonne sonreía a los dos amigos, contenta.

—¡Música! —Pidió Phil.

Los músicos no se hicieron repetir la orden.

Phil abrazó a Grace y la obligó a bailar, para ello tuvo que elevarla del suelo.

Grace lloraba de rabia al verse elevada como una muñeca.

—Es preferible que bailes con agrado; será mucho más cómodo para ti —dijo Phil, con el rostro muy próximo al de la joven.

—¡He de matarte...! —Gritó Grace, rabiosa—. ¡Te mataré muy pronto...!

—No creo que te atrevieras a hacerlo. No eres tan mala como quieres demostrar.

Grace, furiosa, escupió en el rostro de Phil.

Este, completamente pálido, dijo:

—Muy bien. ¡Te arrepentirás de esto! ¡Te trataré como mereces!

Y ante la sorpresa de todos, la besó reiteradas veces.

Grace lloraba sin cesar y golpeaba en el pecho de Phil con los dos puños.

—¡Ah! Espero que esto te haya servido de lección —agregó Phil, cuando finalizó de besarla.

—¡He de matarte! ¡Te he de matar! —Era lo único que sabía decir Grace.

Después, fijándose en los hombres del equipo de su padre, gritó:

—¡Y vosotros sois unos cobardes! ¡Ayudadme!

A continuación, uno de los vaqueros de Savac, se olvidó de Danish, y movió sus manos con intención de sorprender a Phil.

Danish no tuvo otra cosa que hacer que apretar el gatillo.

Al escucharse la detonación y ver caer al vaquero sin vida, los demás elevaron los brazos completamente aterrados.

—¡Ya os estáis largando de aquí! —Gritó Danish.

Los vaqueros obedecieron rápidamente ante el asombro y sorpresa de Grace y Carol.

—¡Cobardes! ¡No nos dejéis solas! —Gritó Carol—. ¡No seáis cobardes!

Pero ninguno de los vaqueros, después de aquella muerte, quiso exponerse a que le sucediera lo mismo que a su compañero.

Solamente quedaron las dos jóvenes e Ivonne en el saloon, en compañía de los músicos y de Danish y Phil.

Y, Danish, temiendo que aquellos hombres que acababan de abandonar el local quisieran traicionarles, vigiló durante unos minutos la puerta.

Dos vaqueros, puestos de acuerdo para ayudar a las patronas, entraron como torbellinos en el saloon con las armas empuñadas.

Dispararon hacia el reservado en donde se hallaba Danish, pero esta vez fue Phil quien disparó a matar sobre aquellos dos vaqueros.

Cuando caían sin vida, Carol y Grace no pudieron evitar el temblar.

—Nadie más que vosotras sois las responsables de estas muertes —comentó Phil.

Ninguna de las dos se atrevió a hacer el menor comentario. Lo presenciado era superior a lo imaginado por ellas y estaban bajo los efectos de un gran terror.

Los restantes vaqueros, cuando escucharon los disparos desde la calle y transcurridos varios segundos no vieron aparecer a los compañeros, imaginando lo sucedido se alejaron del local.

—Ahora debes vigilar tú, Phil —dijo Danish—. Quiero bailar con esa joven tan bonita.

Carol, al ver cómo se aproximaba a ella Danish, retrocedió asustada. Y cuando Danish estaba próximo a ella, reaccionó castigando aquel rostro sonriente que la ponía nerviosa con su fusta.

Danish, sin hacer ningún caso de este castigo, se aproximó a Carol y cogiéndola en sus brazos la besó reiteradas veces.

—Y ahora unos azotes para quitarte el buen gusto de mis labios.

Y sin escuchar las protestas de la joven, la azotó de forma que hizo llorar a la joven de dolor.

Dejándola en el suelo, añadió:

—Espero que esto os sirva de lección.

—¡Sois unos cobardes! ¡Pero nuestros padres se encargarán de castigaros!

—De lo que debieron encargarse es de educaros. —Dijo Danish—. Es una pena que con esos rostros tan bonitos tengáis tan pocos escrúpulos.

Ivonne sonreía complacida.

La sonrisa de ésta era lo que más enfurecía a las dos jóvenes.

—¡Puedes gozar todo cuanto desees! —Gritó Grace a Ivonne—. ¡Ya nos vengaremos!

—Esa joven no puede ser responsable de ninguno de nuestros actos —dijo Phil.

—Cuando conozcáis realmente a esas dos jóvenes, no lo podréis creer —dijo Ivonne—. Son implacables, duras, y carecen de buenos sentimientos.

—Pues, tendrán que cambiar mucho si desean que

nos enamoremos de ellas —dijo Danish, sonriendo.

Carol, como una fiera, se echó sobre él con intención de arañarle.

Danish la sujetó fuertemente, diciendo:

—No quisiera castigarte más. La próxima vez que nos besemos has de estar de acuerdo para hacerlo.

Y dicho esto, la soltó, dándole la espalda.

—Nos quedaremos una temporada en este pueblo —dijo Phil a Grace—. Espero que en este tiempo nos veamos con más frecuencia para conseguir conocernos mejor. Quizás consigas enamorarme.

—¡Sois unos estúpidos! ¡Engreídos! —Gritó Grace, completamente fuera de sí.

—¿Quieres que sigamos bailando un poco más o deseáis marcharos? —Interrogó Phil.

—¡Deseamos perderos de vista! —Gritó Grace.

—Nadie os impide la marcha... —Agregó Danish—. ¿Por qué no os vais ya...? Creo que empezáis a sentiros unidas a nosotros.

—¡Os mataré! —Gritó Carol—. ¡He de mataros con mis propias manos!

Y de nuevo se arrojó sobre Danish.

Este la sujetó con fuerza por las muñecas y aproximándose al rostro de la joven, le dijo en voz baja:

—Espero que no me guardes rencor por esto. No viviré en paz hasta que sepa que me has perdonado.

—Nada de eso. ¡Jamás te perdonaré, cobarde! ¡Si no fuera una mujer y si tuviera armas a mis costados, ya te daría yo a ti!

Ivonne sonreía presenciando la escena.

Danish, empuñando un «Colt» en sus manos que hizo retroceder a Carol aterrada por creer que iba a disparar sobre ella, dijo:

—¡Toma! ¡Aquí tienes un «Colt»! Puedes disparar sobre mí, si lo deseas.

Y le entregó el revólver.

Ivonne abrió los ojos, aterrada.

Carol, con el «Colt» ya empuñado, no sabía qué le

sucedía.

—¡Dispara sobre ellos! ¡Mátalos! Gritó Grace.

—Toma tú otro, dijo Phil, sonriendo. No creo que seas tan mala como quieres demostrar.

Grace cogió el «Colt» en sus manos y mirando a los ojos de Phil, dijo:

—¡Te voy a matar! ¡Os mataré a los dos!

—¿Por qué no disparas?

Carol y Grace, con los «Colt» ya empuñados, se miraron entre sí.

Ninguna de las dos se atrevía a disparar.

—Estaba seguro de que lo único que necesitabais era una prueba para convenceros de que tenéis sentimientos, dijo Danish.

Grace, mirando a Phil a los ojos, dijo:

—¡No sé qué me sucede! ¡Te odio con toda mi alma y no puedo oprimir el gatillo!

—Eso es buena señal, dijo Phil, sin dejar de mirar fijamente a los ojos de la joven. Demuestra que vas a terminar por enamorarte de mí.

—¡No hables así o dispararé!

—Aunque lo desees, no podrás hacerlo.

Grace se echó a llorar y tirando el «Colt» salió corriendo hacia la calle.

—¿Y, por qué no disparas tú?. Preguntó Danish a Carol.

—Puede que en el fondo opine que hemos merecido este castigo.

Y sin hacer más comentarios, entregó el «Colt» a Danish y se alejó hacia el exterior.

Ivonne no comprendía aquello.

Pero pensó que también ella estaba muy equivocada con aquellas dos jóvenes. Eran mucho mejor de lo que siempre había pensado.

—¡Un momento! —Dijo Danish.

Cuando Carol se hubo detenido, agregó Danish:

—Espero que volvamos a vernos.

Carol dio media vuelta y en silencio se alejó.

Ivonne, sorprendida, comentó:

—He de confesar que estaba equivocada con esas jóvenes. Las creí mucho peores y pensé que disparrarían sobre vosotros cuando les entregasteis los «Colt».

—En el fondo son buenas, dijo Phil. Lo que sucede es que están educadas en un ambiente inadecuado.

—Siempre han abusado de todos, dijo Ivonne.

—No son ellas las responsables. Es posible que despreciaran a todos por cobardes.

—Puede que estés en lo cierto.

—Ahora debemos marchar a reunirnos con Sam. No quisiera tener que matar a nadie más, dijo Danish.

Capítulo 7

—En el día de hoy, debe acompañarte Russell a presenciar los ejercicios, Selma, dijo Sam. Nosotros tenemos que hablar.

—¿Tan importante es?

—Te ruego que no hagas preguntas. Ahora he de hablar con Danish, Phil y tu padre ampliamente. Si terminamos antes de que finalicen los festejos, iré en tu busca.

—Está bien. Procura terminar cuanto antes.

—Así lo haré.

Y Selma montó a caballo en compañía de Russell.

Por el camino, decía la joven:

—¿Qué misterio se traen entre manos, Russell?

—Sé tanto como tú.

—Es que parece como si ninguno tuvieseis confianza en mí. No me gusta.

—Te aseguro, Selma, que no sé nada de lo que van a hablar.

—No conseguirás engañarme.

—Como quieras.

En la ciudad se reunieron con Ivonne y los tres fueron a presenciar los festejos.

Mientras tanto, Sam hablaba con sus amigos y con el patrón.

Glen Penton escuchaba con suma atención todo lo que se hablaba allí.

Sam era el que más hablaba.

Daba instrucciones a los recién llegados.

—Pero debéis hacer bien las cosas. Los enemigos son inteligentes y no se dejarán engañar.

—Si me permitís un consejo, os diré que es muy peligroso lo que pretendéis, dijo Glen.

—Lo sabemos, añadió Phil. Pero esta vez no hemos de fracasar.

—De ahora en adelante vigilaremos los tres el ganado. Tan pronto como se aproxime alguno de los hombres de Savac o Mendoza, le obligaremos a confesar. Creo que no nos resultará tan difícil.

—Pero no conseguiremos nada encarcelando a esos rancheros, dijo Danish.

—Obligaremos a confesar lo que nos interesa.

—No lo harán, porque saben que les costará la vida.

—No lo creáis. Cuando se vean con la corbata de cáñamo al cuello, dirán lo que sea con tal de poder salvar la vida.

—Estoy con Sam, dijo Phil. No hay mejor cosa que utilizar sus mismos medios.

—Pero, no debemos olvidar que el enemigo es muy peligroso y está bien organizado.

Siguieron hablando ampliamente.

Phil y Danish explicaron los motivos de su tardanza.

Sam les escuchó con atención.

Si no habían llegado antes a Tucson era debido a que siguieron a unos arrieros hasta la misma frontera con México.

—Y puedo asegurarte, sin temor a equivocarme, que llevaban armas, finalizó diciendo Phil. No hace muchas horas, en el local de Ivonne, hemos visto a más de uno de esos arrieros. Pertenecen a los equipos de Mendoza y Savac.

—¿Estáis seguros?

—De lo único que no estamos seguros es si eran armas lo que llevaban, pero sospecho que sí, añadió Danish.

—Si es cierto, ello demuestra que reciben las armas en estos ranchos. Eso es lo que hemos de descubrir y quienes son los que las envían.

—Creo que esta vez pisamos terreno bastante seguro, —dijo Phil.

—¿Sabe usted si Mendoza o Savac suelen recibir cargamentos de víveres que vienen procedentes de Phoenix o del Este?

—Que yo sepa, no. Sólo, que yo recuerde, vi llegar una caravana procedente de Santa Fe. Pero iban hacia California, según aseguraron los caravaneros.

—¿Se detuvieron en Tucson?

Glen quedó pensativo, y al fin respondió:

—No. Recuerdo que se quedaron instalados en el rancho de Mendoza.

—Bien. Creo que hemos de vigilar ese rancho y el de Savac. No nos resultará difícil hacerlo entre los tres.

La conversación continuó y estuvieron reunidos durante más de dos horas.

Mientras tanto, Mendoza y Savac les buscaban por el pueblo junto con sus hombres.

—¡Los mataré tan pronto como les vea! —Enfadado, decía Pancho—. ¡Nos sorprendieron ayer!

—¡Debisteis disparar sobre ellos cuando salieron...! —Dijo Mendoza.

—No, porque no dieron motivos para tanto, papá —dijo Carol—. En el fondo, fuimos nosotras quienes nos buscamos ese castigo al obligar a nuestros hombres a bailar con Ivonne. Entonces, ellos hicieron lo propio con nosotras.

—¡No quiero que defiendas a esos forasteros tan estúpidos! — Gritó su padre.

—No debes incomodarte, de esa manera Mendoza, dijo Savac. Nosotros nos encargaremos de ellos.

—Debéis olvidar lo sucedido, pidió Grace. Carol está en lo cierto. Fuimos nosotras las que dimos motivo para recibir el castigo.

—Aunque sea así, hemos de castigarlos —dijo Larry.

—Debiste hacerlo ayer cuando estabas frente a ellos —dijo Grace, mordaz.

—¡Nos sorprendieron...! —Gritó Larry, realmente incomodado—. ¡De lo contrario, ya estarían enterrados!

—De no ser a traición, lo dudo mucho —dijo Carol, burlona.

—Dejaos de discutir —gritó Mendoza—. Nosotros nos encargaremos de castigarlos. No puedo consentir que un gringo haya humillado a una Mendoza.

—Recuerda, papá, que yo fui la castigada y lo considero justo.

—¡Debisteis disparar cuando os entregaron los

«Colt»! —Gritó Pancho.

—Hubiera sido una gran cobardía. Ellos confiaron en nosotras y no podíamos decepcionar esa confianza —agregó Carol.

Mientras charlaban, presenciaban los ejercicios de habilidad vaquera.

También, de nuevo, los hombres de Mendoza y Savac derrotaron a los demás concursantes.

Mendoza y Savac, muy orgullosos de sus hombres, dijeron:

—Lo celebraremos en el local de Ivonne.

Los numerosos vaqueros de estos dos equipos, minutos después invadieron el local de Ivonne.

—Nada de arrojar al resto de los clientes —advirtió Mendoza muy serio.

—Pero no podrá evitar que bailemos con Ivonne. —Añadió un vaquero.

—Eso es cuenta vuestra. Yo, no tengo motivo para intervenir en vuestros asuntos.

Ivonne y Selma, que habían presenciado los festejos, se despedían a la puerta del local, cuando uno de los hombres de Savac dijo:

—¡Ahí tenemos a la maestra!

Inmediatamente, al escuchar estas palabras, fueron varios los vaqueros de los dos equipos que salieron del local y aproximándose a Selma, dijeron:

—Espero que no desaire a los campeones de los festejos y pase a tomar algo con nosotros, miss Penton —dijo Larry.

—Lo siento, Larry —dijo Selma sonriente—. Pero voy hasta el rancho. Me espera mi padre.

—¿Nada más que su padre...? —Preguntó Larry, bastante molesto.

—Eso no creo que pueda importarle.

—¡Está equivocada! —Gritó Larry, asustando a la joven—. ¡Ahora debe entrar a celebrar nuestro triunfo con nosotros!

—Le aseguro que en otro momento aceptaré su

invitación, pero ahora me es imposible.

—¡No me obligue a hacer lo que no quiero! ¡Será preferible que pase por su propia voluntad!

El sheriff, que salía del local de Ivonne en esos momentos, al oír esta discusión se aproximó, diciendo:

—Debes dejar a Selma en paz, Larry. Si no desea entrar, no eres quién para obligarla.

—¡Será preferible que guarde total silencio...! ¡No quisiera enfadarme con usted, sheriff! —Gritó Larry, encarándose con el de la placa.

—No tienen por qué discutir —intervino Selma—. No entraré.

—¡Tú entrarás, quieras o no! —Gritó Larry.

—No creo que seas tan cobarde, Larry —intervino Ivonne seria—. Si Selma no quiere entrar, no puedes obligarla a hacerlo.

—¡Cállate tú!

—¡No tengo por qué callar! Y espero que el sheriff sepa cumplir con su deber.

—El sheriff, si es que estima en algo su pellejo, será preferible que permanezca callado —dijo Larry.

—Mañana nos veremos, Ivonne —dijo Selma, al tiempo de dar media vuelta.

Larry la sujetó por un brazo, diciendo:

—¡No me obligue a arrastrarla! ¡Entre!

Selma, completamente asustada, no se hizo repetir más la orden. Sabía muy bien que, de no obedecer, la obligarían a entrar, y siempre era preferible hacerlo buenamente.

El sheriff, encogiéndose de hombros, se alejó.

Ivonne se aproximó al de la placa, diciéndole:

—No olvide la amenaza de Sam. La próxima vez que esos hombres abusen de Selma, le buscará para cortarle una oreja. Y le aseguro que lo cumplirá.

—Yo no puedo hacer más de lo que he hecho.

—¡Es usted un cobarde despreciable, sheriff! ¡Pero Sam se encargará de castigarle!

—Debes comprenderme, Ivonne —dijo el sheriff,

asustado—. Si ahora intento hacer algo, será Larry quien me mate. Siempre será preferible que me arranquen una oreja que no la vida.

—¡Es usted despreciable! —Dijo con asco Ivonne, entrando tras Selma y el grupo de vaqueros.

Selma, una vez en el interior, se fijó en Carol y Grace precisamente.

Estas dos muchachas, al ver a Selma y a los hombres que la estaban acompañando, sospecharon lo sucedido, y Grace preguntó:

—¿Por qué habéis obligado a Selma a entrar?

—Es que ha entrado por su propia voluntad —dijo Larry—. Quiere celebrar con vosotros nuestro triunfo.

—¡No! ¡Eso no es cierto! —Gritó Carol—. ¡Ya estáis dejando que se vaya!

Selma no salía de su asombro.

Y, sin poderlo remediar, sonrió a las dos jóvenes, agradecida.

—Nosotros sólo deseamos bailar con ella —dijo un vaquero—. Después, puede irse.

—¡Debes evitarlo, papá! —Gritó Grace.

—No me gusta intervenir en nada.

—Gracias, pero no debes esforzarte más, Grace... —Dijo Selma, interrumpiendo a Savac—. Tu padre está contento con esto, ya que no puede perdonarme que le haya despreciado en sus pretensiones amorosas.

Selma, al ver los rostros de sorpresa, siguió diciendo con fuerza:

—¿Es que no sabías que me había pretendido tu padre? Quería casarse conmigo, y, cuando le desprecié, me juró hacernos todo el daño posible tanto a mi padre como a mí.

—¡Eres una embustera! ¡No es verdad...! —Gritó Savac, completamente colorado.

—Puedes creer lo que Selma dice —dijo Ivonne, interviniendo—. Yo he sido testigo de varias...

—¡Eres otra embustera! —Gritó fuera de sí Savac.

—Si es así, como usted dice, ¿quiere explicar a su

hija los motivos que tiene para odiarnos a mi padre y a raí? —Preguntó Selma.

—No tengo que explicar nada.

Grace estaba contemplando a su padre con mucha curiosidad. Estaba segura que Selma decía verdad, y por ello dijo:

—Creo que eres tú quien no dice la verdad, papá.

No pudo continuar, Murphy Savac golpeó a su hija al tiempo que gritaba:

—¡No puedo consentir que mi propia hija me llame embustero!

Grace se levantó en silencio y, mirando fijamente a su padre, dijo:

—Creo que estaba muy equivocada contigo. Pero no olvides que soy mayor de edad.

—¿Qué quieres decir? —Gritó su padre, mientras se aproximaba a ella—. ¿Me estás amenazando?

—No —respondió Grace, serena—. Pero si vuelves a cometer la misma equivocación, me marcharé del rancho para no regresar jamás.

—Debéis tranquilizaros los dos —dijo Mendoza—. No tenéis por qué discutir por esa muchacha.

—¡Música...! ¡Quiero música inmediatamente ahora mismo! —Gritó Larry, aproximándose a Selma.

—Si es que pretendes obligarme a bailar, tendrás que matarme antes —dijo Selma, muy serena.

—¡Esto jamás se vio en el Oeste! —Gritó Ivonne—. ¡No comprendo cómo todos éstos pueden consentir que abuséis de esta manera!

Los aludidos se miraron entre sí, y uno de ellos arguyó:

—¡No creas que lo consentiremos!

Y, dicho esto, fueron varios los que avanzaron hacia Larry. Este, asustado de aquel movimiento, dijo:

—No pretendo obligarla a bailar. Ha sido ella la que ha entrado por su propia voluntad y todos vosotros sois testigos de ello.

—Lo hice ante la amenaza tuya —dijo Selma—. De

lo contrario, jamás hubiera entrado en tu compañía.

—Márchate ahora si lo deseas —dijo Grace—. Y espero que sepas perdonar todo el mal que Carol y yo te hayamos podido hacer.

—¡Has debido perder el juicio, hija mía! ¡No puedo creerlo! —Gritó Savac.

—Estoy de acuerdo con ella y te pido perdón, Selma —agregó Carol.

Mendoza miró rápidamente a su hija, completamente sorprendido.

No comprendía lo que estaba sucediendo.

Selma, contenta de aquellas palabras, dijo:

—No tengo nada que perdonaros. Yo también sé que estaba equivocada con vosotras. Los muchachos que os castigaron son ahora cow-boys en mi casa y nos lo explicaron. Podéis contar conmigo para todo lo que queráis y espero que me visitéis con frecuencia en mi rancho. Yo no puedo hacerlo en los vuestros porque sería mal recibida.

Y dicho esto, se aproximó a las dos jóvenes y las besó con cariño.

—Te acompañaremos —dijo Carol.

Mendoza no se atrevió a prohibir a su hija que lo hiciera.

Savac, totalmente enfurecido, guardó silencio.

Pero no habían llegado todavía a la puerta, cuando se presentaron Sam, Danish, Phil y Glen Penton.

Uno de los clientes que acababa de salir, les explicó lo que sucedía, y por ello dijo Sam:

—¿Quién de vosotros es Larry?

Este se vio mirado por todos, y por ello dijo.

—Yo soy. ¿Qué sucede?

—Vosotros vigilad con atención a todos ésos —dijo a sus amigos Sam—. No sucede nada. Solamente, deseaba conocerte, aunque nos vimos ya en otra ocasión, para decir lo que pienso de ti. Eres un cobarde como no he conocido otro. Pero esta vez te daré tu merecido.

Mendoza y Savac estaban contemplando con mucha

fijeza al muchacho que no conocían y del que les habían hablado todos sus hombres.

Larry, un tanto pálido, dijo:

—Esta vez no tienes las armas en tus manos.

—No las necesito para llamarte por tu nombre.

—Piensa que no se puede uno adelantar siempre. Esta vez has cometido una terrible torpeza —agregó Larry—. Te voy a matar para que no vuelvas a meter las narices donde no te llaman. ¡En esta tierra odiamos a los curiosos!

—Y en la mía se desprecia a los sucios cobardes como tú —dijo Sam.

—Después de estos insultos, no podrás salir de aquí —dijo Larry—. Por lo menos con vida.

—Soy yo quien te va a matar, ya que no puedo dejarte con vida después de lo que has pretendido hacer con Selma. Si no te matara, cometería una equivocación porque volverías a reincidir.

—No comprendo cómo permites que te hablen así, Larry —dijo Murphy.

—No se preocupe, patrón. En cuanto me canse de escucharle, le mataré.

—No hay motivos para que os matéis —Grace dijo, ante el asombro de todos los que escuchaban—. Este muchacho, si es cierto como aseguran que está enamorado de Selma, es natural que pretenda castigar a Larry.

—¡Cállate tú! —Gritó el padre.

—No se preocupe, señorita. Le daré su merecido... —Dijo Sam—. Claro que, si mueve sus manos, no voy a tener más remedio que matarle.

—No debes hablarle así —dijo Danish—. Le vas a poner tan nervioso que no va a poder defenderse como corresponde al enemigo que ahora tiene frente a él.

Larry, molesto por aquellas palabras, dijo:

—No conseguiréis distraerme con la conversación. Podría jugar con él y...

—¡Mátale de una vez! —Gritó Murphy Savac.

Larry quiso obedecer al patrón y sus manos se movieron con rapidez.

Se escuchó un solo disparo.

Murphy Savac, así como Mendoza, miraban al joven que les sonreía y a su hombre cómo se inclinaba sobre sí, se retorcía un poco hacia un lado y caía de bruces.

Estaba muerto. No había duda.

—Márchate de aquí ahora mismo antes de que me arrepienta —arguyó Sam a Murphy.

Este, en silencio, obedeció.

Capítulo 8

Se les notaba que estaban muy enfadados. Murphy, Mendoza y Duke estaban charlando animadamente en el almacén-saloon de este último.

—Supongo que, en cuanto finalicen los festejos, se marcharán —decía Mendoza.

—No; no lo creo así —añadió Murphy—. El más alto de los tres, el que mató a mi capataz, está enamorado de Selma, y no creo que se marche.

—Estoy de acuerdo con Murphy —agregó Duke—. Además, no me agradan esos muchachos, sobre todo, Mendoza, el que castigó a tu hija.

—Creo que marcharán. No hay por qué preocuparse.

—Mis hombres les han visto husmeando por los alrededores de mi rancho —dijo Murphy nervioso—. ¡No me agradan!

—Buscarán o tratarán de sorprender a los hombres que sacrifican las reses de Glen —dijo Mendoza.

—Puede que sea lo que buscan —añadió Murphy—, Pero, mientras estén aquí, no viviré tranquilo.

—Yo a ese Danish le he visto en otra parte, pero no consigo recordar —dijo Duke, pensativo—. Su rostro me es conocido.

—Pero, lo que más me preocupa es que nuestras hijas han cambiado mucho desde que tuvieron aquel encuentro con esos muchachos —agregó Murphy—. Creo que terminarán enamorándose de ellos.

—Nunca lo permitiré. Si es preciso, la enviaré a México. Aunque no creo que sea necesario. Carol no puede enamorarse de un patán.

—Hay algo muy raro en esos muchachos —añadió Duke—. Aseguraría que no son vaqueros de profesión, aunque vistan como tales.

—No digáis tonterías... —Dijo Mendoza—. Son vaqueros y han demostrado una habilidad con las armas excesivamente peligrosa. Yo diría que son tres pistoleros que han llegado aquí, huyendo de alguna parte. Si supiéramos su procedencia, lo averiguaríamos. Recordad que vinieron por separado, primero uno y después los otros dos. Esto demuestra, a mi modo de ver, que algo les debió salir mal y tuvieron que huir por diferentes caminos.

—Puede que sea así, pero no me agradan nada —añadió Duke—. Y si cuando finalicen los festejos continúan aquí, creo que debemos ir pensando en algo para obligarles a marchar.

—Tengo confianza en que marcharán tan pronto como terminen los festejos.

Seguían hablando bastante animadamente cuando se presentó un vaquero de Murphy.

—¡Patrón! ¿Sabe quién está aquí?

—No puedo imaginármelo.

—El inspector Pat Hesketh.

—¿Estás seguro?

—Le acabo de ver entrar en el local de Ivonne.

—Puede que vaya de paso —dijo Duke.

—O que venga a visitar a Ivonne. No es un secreto para nadie que están enamorados desde hace ya varios años —añadió Mendoza.

—Esta visita es la que no me gusta —dijo Murphy—. Me conoce de Phoenix y sé que anduvo buscando pruebas contra mí.

—Como sabemos que aquel vaquero mío era un agente a sus órdenes. Puede que venga dispuesto a averiguar algo sobre la desaparición de Tom Alice —comentó Mendoza—. Hemos de hablar con los muchachos para instruirles sobre lo que deben decir.

—Están prevenidos ya —dijo Murphy—. Por lo menos mis vaqueros.

—No olvides que de donde desapareció fue de mi rancho —agregó Mendoza—. Voy a hablar ahora con mis muchachos.

—Yo iré a saludar a Pat.

—Debes entretenerle y, si ves a algún vaquero mío, dile que yaya hasta el rancho. No quiero que cometan equivocaciones.

Y Mendoza salió del local de Duke.

—No me acordaba ya de Tom Alice —dijo Duke—. Ahora estoy completamente seguro que Pat viene dispuesto a averiguar algo.

—Ese hombre es muy peligroso y astuto. Mientras él esté aquí, hay que estar inactivos. Seguramente sus hombres vigilan nuestros ranchos.

—Tienes mucha razón. Yo enviaré a un hombre de confianza para que salga al paso de la caravana que viene hacia aquí. Hay que esperar a que se marche Pat para que entre.

—Bien. Ahora voy a saludar a Pat. Con ello evitaré que vaya hasta mi rancho.

—Cuidado con lo que hablas.

—Descuida, ya me conoces.

Y Murphy salió del local de Duke y se encaminó al de Ivonne.

Tan pronto como entró en el saloon, vio a Pat charlando con Ivonne. Se alejó hacia otro lugar como si no les hubiera visto y, aproximándose al mostrador, pidió un whisky.

Ivonne, al verle, dijo:

—Ahí tienes a un viejo amigo Pat.

Este miró hacia Murphy y dijo:

—¿Qué tal se porta contigo?

—Bueno. No nos estimamos, pero tampoco nos provocamos.

—Voy a saludarle.

—¡Mucho cuidado con él! —Advirtió Ivonne—. Ya le conoces.

—Y él me conoce. Descuida.

Y Pat se alejó de Ivonne, aproximándose a Murphy. Cuando estuvo próximo a él, dijo:

—Hola, Murphy.

Este miró a Pat y, fingiendo sorpresa, exclamó:

—¡Pero si es Pat Hesketh en persona!

—El mismo —dijo Pat, sonriente.

—¿Qué le trae por aquí, inspector?

—Voy de paso. Me he detenido porque no quería

dejar de saludar a Ivonne.

—¿Deciden casarse al fin?

—No. Sigue tan tozuda como siempre; desea que abandone el cuerpo.

—Piense que es natural, inspector.

—No lo creo así. ¿Y a ti? ¿Qué tal te van las cosas?

—No puedo quejarme.

—Siempre fuiste un hombre con suerte.

—No lo creo yo así, inspector.

—¿Qué tal siguen tus relaciones con Mendoza?

—¿No se lo ha dicho Ivonne?

—Aún no hemos tenido tiempo de hablar de otras cosas que no sea de lo nuestro.

—¡Ah! Pues ya hemos hecho las paces.

—Me alegra mucho, ya que así siempre viviréis más tranquilos. Lo que me ha dicho Ivonne es que a Glen Penton se le sigue muriendo el ganado de una manera sospechosa. ¿No os sucede a vosotros lo mismo?

—No. Es algo que no comprendemos ninguno.

—Yo creo que alguien de los alrededores sacrifica las reses de Glen con alguna intención. ¿No lo crees?

—No puedo decir nada. Yo sería incapaz de matar una res, y no creo que haya ningún cow-boy que se atreviera a hacerlo.

—Creo que las últimas se las han sacrificado con cuchillo.

—Ya, ya... ¿Y no le ha dicho Ivonne que Glen esta sospechando precisamente de mí?

—Sí. También me lo ha dicho, y quiero darte un consejo: di a tus hombres que es muy peligroso lo que Glen cree que hacen, ya que tan pronto como consiga una sola prueba, seré yo en persona quien colgará a todos los culpables.

—¿Cree, en realidad, que son mis hombres?

—No puedo creer nada hasta que tenga pruebas. Pero tan pronto como las consiga, ya me conoces, no es preciso que te diga lo que sucederá.

—Recuerdo que hace años también buscó pruebas

contra mí en Phoenix y siempre se me olvidó preguntarle si las consiguió o no.

El tono demasiado burlón de Murphy molestó a Pat, pero muy sereno respondió:

—Confieso que aquella vez fracasé. Pero no siempre tendré tan mala suerte, ¿no crees?

—Es posible.

—Ahora, me gustaría hablar con Mendoza. ¿Dónde podré verle?

—No creo que tarde mucho. Le cité aquí.

—Entonces le esperaré. Ahora me vas a perdonar, pero deseo seguir hablando con Ivonne.

—Puede hacerlo, inspector, y me alegraría que al fin llegaran a un feliz acuerdo.

—Sí. Es posible que, no tardando mucho, decida complacerla y me retire de los federales. Pero antes he de terminar un asunto que tengo entre manos.

—Si puedo ayudarle en algo, ya sabe que puede contar conmigo.

—Te lo agradezco, Murphy —dijo Pat en el mismo tono burlón que había hablado Murphy—. Pero es un asunto que tengo que resolver en Prescott y no creo que conozcas a nadie de allí.

Y, dicho esto, se retiró.

Murphy le contempló sonriendo, pero preocupado. Había notado algo extraño en Pat que le preocupaba y no sabía el qué.

Mientras tanto, Pat se reunió con Ivonne y volvieron a charlar animadamente.

Ivonne no podía ocultar la alegría que aquella visita le producía.

—Te aseguro formalmente, Ivonne, que tan pronto como finalicemos este asunto que ahora tenemos entre manos, me reuniré contigo y diré adiós al cuerpo.

—¡Es la ultima prorroga que te concedo...! —Decía ella, sonriente—. Si después de resolver este problema, no abandonas ese maldito cuerpo, me casaré con el primero que me lo proponga.

—Descuida. No te dejaré caer en otras manos que no sean las mías.

—Dime la verdad, ¿crees que tardaréis mucho en resolver ese asunto?

—No puedo decírtelo aún. Lo único que te aseguro es que esos tres hombres que ya están aquí son muy inteligentes y no creo que les resulte difícil encontrar alguna prueba. Dos de ellos son militares y este asunto les concierne mucho más a ellos que a nosotros, ya que Jerónimo hace muchas bajas al ejército.

—¿Quién es el otro militar, aparte de Sam?

—Phil.

—¿Y Danish?

—Es es un abogado de mucho nombre en Nuevo México. Sobrino del gobernador de ese territorio.

Ivonne abrió los ojos, sorprendida. No comprendía que un muchacho de aquella situación estuviera metido en esos asuntos.

—No lo entiendo. ¿Y cómo es que ha decidido venir con esos otros dos?

—Fue militar y compañero de los otros. Además, es un apasionado del Oeste y le gusta mucho más el ganado y las armas que las leyes.

—En una palabra: ¡Loco!

—¿Sabes si han descubierto algo?

—No. Sólo sé que Danish y Phil, antes de llegar aquí siguieron durante unos días a unos arrieros por la frontera mexicana y al llegar aquí reconocieron en los hombres de Murphy y Mendoza a aquellos arrieros.

—¿Descubrieron el cargamento?

—No. Por lo menos, no me lo han dicho. Aunque se imaginan que debían ser armas.

—Creo que podremos casarnos mucho antes de lo que yo esperaba.

—Tienes mucha confianza en esos muchachos, ¿verdad...?

—¡Ya lo creo...! ¡Son tres auténticas inteligencias privilegiadas!

—¡Espera! Ahí entra Mendoza. Cuidado, porque viene acompañado de varios de sus hombres.

Acto seguido, Pat se fijó con disimulo en Mendoza y en sus acompañantes y les observó detenidamente uno a uno. Cuando finalizó, dijo:

—¿Quién es ese pequeñito que le acompaña?

—No hace mucho que trabaja con él.

—Creo recordarle de alguna otra parte.

—Aseguran todos que es muy rápido con las armas. Procura no provocarles.

—Descuida. Además, no tienes nada que temer. Soy muy conocido por esta zona y ninguno de ellos se atrevería a disparar sobre mí ante testigos.

—No debes confiarte demasiado.

—Ya sabes que jamás me confío.

A continuación, Pat se encaminó hacia Mendoza, que, en esos momentos se había reunido con Murphy, acompañado de sus hombres.

—Cuidado, ahí viene —advirtió Murphy—. Piensa bien lo que vayas a responder.

Mendoza no dijo nada. Lo que hizo fue observar muy detenidamente a Pat.

—Hola, inspector —saludó Mendoza.

—Hola, Mendoza. Ya le habrá dicho Murphy que deseaba hablar con usted, ¿verdad?

—Si. Me lo estaba diciendo en estos momentos, inspector. ¿Qué es lo que desea?

—Quiero preguntarle por un muchacho que ha desaparecido de su rancho.

—¡Ah! Se refiere a Tom Alice, ¿verdad?

—Al mismo.

—Lo que sucedió con ese muchacho es un misterio que aún no he llegado a comprender. Fue muy extraño todo, y puedo asegurarle que estaba muy contento en mi rancho. Yo particularmente le apreciaba muchísimo y por ello me dolió que nos abandonara sin despedirse al menos. Siempre le traté bien.

—¿Está seguro que salió de su rancho?

—Seguro. Le buscamos por todas partes sin que encontráramos el menor rastro. Puede interrogar a mis hombres, si es que lo desea.

—Prefiero que sea usted quien responda.

—Lo hago con mucho gusto, inspector, y créame que soy el más interesado en descubrir lo que fue de ese muchacho.

—Yo creo que murió en su rancho.

Mendoza miró muy serio a Pat y exclamó:

—¡No diga tonterías...! A Tom le apreciaban todos y no tenía un solo enemigo.

—Yo tengo suficientes motivos para creer que le asesinaron.

—Pero ¿por qué habrían de asesinarle?

—¿Sabía usted que era un agente a mis órdenes?

Mendoza miró extrañado a Murphy y después lo hizo con Pat:

—¡Tom Alice un agente federal! ¡No puedo creerlo! —Exclamó Mendoza.

—Así es.

—¡Quién lo hubiera dicho!

—¿Acaso no lo sabía usted?

—¿Qué quiere insinuar, inspector?

—Sólo deseo saber la verdad.

—No sabía que fuera un agente. De haberlo sabido, hubiéramos buscado con más tesón su rastro.

—Yo creo que marchó hacia México —intervino en la conversación Pancho—. Hay un peón en el rancho que aseguró verle cabalgar hacia el sur la misma noche que desapareció.

—¿Está en el rancho ese peón?

—No. Nos abandonó unos días después de haber desaparecido Tom. Por cierto que el patrón pensó en este hombre como el verdadero responsable de la marcha de Tom.

—¿Por qué lo creyó así?

—Porque días antes de la misteriosa desaparición de Tom discutieron bastante seriamente y ambos se amenazaron de muerte.

—¿Y no lucharon?

—No, no... El patrón les convenció para que no lo hicieran.

—¿Cómo se llamaba ese peón?

—José.

—¿Y marchó hacia México?

—Eso creemos.

—De todos modos, puede ir hasta mi rancho y registrar todo lo que se le antoje, inspector —dijo Mendoza sonriendo—. No me agradaría que le quedara la menor duda por eso.

—Le creo, Mendoza. Es que ese muchacho era el mejor de mis hombres. Lo sentí mucho.

—Sí; lo comprendo —añadió Mendoza—. ¿Quiere explicarme qué hacía un agente federal en mi rancho?

—Vigilaba desde allí el rancho de Glen. Este había denunciado los robos de ganado de que era objeto y decidí enviar a uno de mis hombres para ver si conseguía descubrir a los cuatreros.

—¿Tuvo suerte?

—No lo se. Cuando teníamos concertada la cita, no apareció. No volví a saber más de él desde que salió de Phoenix hacia aquí.

Pat pudo observar una mueca de satisfacción en Mendoza y Murphy al escuchar sus palabras. Pero se contuvo y no hizo el comentario que estaba pensando para no alarmar a aquellos hombres que tanto le interesaban.

—Si alguna vez se encuentran a ese José, no olviden que me gustará interrogarle —dijo Pat.

—Tan pronto como le veamos, le obligaremos a venir de nuevo hasta aquí y quedará encerrado en la oficina del sheriff hasta que usted se presente —dijo Mendoza con una sonrisa.

—Gracias. Se lo agradeceré infinito.

Y dicho esto, se alejó de ellos.

Capítulo 9

En ese momento, Sam, Danish y Phil entraron en el local de Ivonne.

Mendoza y Murphy les contemplaron con el ceño fruncido.

En el momento solicitaron una bebida, y fueron atendidos con prontitud.

Mendoza y Murphy se sintieron incómodos allí al verse contemplados por los muchachos.

Phil se aproximó a Murphy, diciéndole:

—Diga a su hija Grace que me agradaría mucho charlar con ella.

—¡Mi hija no volverá a hablar contigo!

—Creo que eso le resultará bastante difícil evitarlo, míster Murphy. Suponiendo que ella desee verme como yo a ella, claro está.

—Mira, ¡si me entero que mi hija ha vuelto a hablar contigo, sería capaz de matarla!

—No creo que se atreviera a tanto... —Dijo Phil, muy sonriente.

—Y usted, míster Mendoza, ¿qué haría en caso que su hija se enamorase de mí...? —Dijo Danish, que también se había acercado a ellos.

—No me he detenido a pensarlo, ya que eso es un imposible. Mi hija tiene otra clase de gusto.

Se interrumpieron todos al escuchar exclamar en esos momentos a Sam:

—¡Phil! ¡Danish! ¿Ven vuestros ojos lo que los míos? ¿Es que no le reconocéis?

—¿Por qué dices eso...? —Dijo Phil, sin prestarle mucha atención.

—Ese tipo repugnante que habla con Ivonne, ¿no es el peor sabueso de los federales...? Fíjate bien en él... —Dijo Sam con gesto desagradable.

Phil y Danish se fijaron en Pat y, riendo, dijo Phil:

—¡El mismo! ¡El zorro Pat Hesketh!

—¡Creo que somos bastante afortunados! —Agregó Danish—. ¡Tenía muchas ganas de encontrarle frente a mí y lejos de Colorado!

Y, aproximándose a Pat, le dijo:

—¿Qué le sucede, estúpido...? ¿Es que ha perdido el habla...? No te perdonaremos nunca lo que hiciste.

Mendoza y Murphy se miraron muy extrañados y sonrientes.

Los reunidos se miraban también muy extrañados y estaban seguros de que Pat contemplaba a aquellos tres jóvenes con gran pánico.

—¡Dejad a este hombre en paz...! —Gritó Ivonne, poniéndose en medio de Pat y Danish.

—Sepárate, preciosa —dijo Danish, al tiempo de empujar hacia un lado a Ivonne—. No me fío de este coyote. Siempre ataca cuando uno menos lo espera.

—Será conveniente para vosotros que me dejéis en paz —dijo Pat serio—. No creáis que estoy solo. Mis hombres os tienen rodeados.

—No va a conseguir asustarnos, inspector... —Dijo Danish, riendo—. ¿Recuerda aquel muchacho que mató en una de sus exhibiciones con las armas, en Denver?

Pat no respondió.

—¿Quiere que le refresque la memoria? —Interrogó Danish, sujetando a Pat por el pecho de la camisa.

—Lo recuerdo muy bien. Era un huido y pretendía sorprenderme.

—¡No! ¡Aquello fue un asesinato! —Gritó Danish—. Juré vengarle, y creo que lo voy a hacer.

—Debes tranquilizarte, Danish... —Dijo Sam—. Aquello ya pasó y ahora yo quiero vivir tranquilo. Aquí no tienen nada contra vosotros.

—Ya, pero él tratará de complicarnos en algo muy sucio para poder eliminarnos. Conozco bien sus métodos —agregó Danish.

—En verdad, yo creo que deberíamos darle un gran escarmiento —añadió Phil—. ¿Recordáis lo que hizo conmigo en Trinidad?

—¡Ya lo creo! —Exclamaron Sam y Danish.

—Como no tenía pruebas contra mí, me encerró en una habitación y me golpeó para hacerme confesar algo que no estaba relacionado con nosotros, mientras dos de sus valientes agentes me encañonaban con los «Colt». ¡Aún me siguen doliendo aquellos golpes!

Cuando finalizó de hablar, se encaminó despacio hacia Pat.

Este, con el rostro completamente lívido, retrocedió un poco. Estaba aterrado.

—¿Qué vais a hacer? —Preguntó Ivonne.

—Muy pronto lo vas a poder ver... —Respondió Danish—. Vamos a devolverle tan sólo un poco de lo mucho que le debemos.

—Si cometéis una torpeza, no habrá un rincón seguro en la Unión para esconderos —dijo Pat.

—No; no pensamos escondernos Hemos decidido quedarnos en este pueblo. Y si cuando nos volvamos a encontrar, pretende hacer algo contra nosotros, serán nuestras armas las que le harán todos los honores del plomo.

—¿Quieres desarmarle, Danish? —Dijo Phil, que había empuñado un revólver.

Mendoza y Murphy sonreían complacidos.

Cuando estuvo desarmado, se aproximó Phil y, sin que nadie lo sospechase, le golpeó de forma brutal en pleno rostro.

Pat cayó como un fardo varias yardas más atrás.

Ivonne, sin dejar de insultarles, se aproximó al caído y le atendió.

Pat, moviendo la cabeza de un lado a otro, pretendía despejarse. Le coste un poco. Cuando lo consiguió, dijo al tiempo de levantarse:

—Esto es una cobardía, muchacho, que te pesará.

—Procure medir sus palabras si no desea que le mate a golpes —dijo Phil—. ¿Es que ya no recuerda lo que hizo conmigo?

—Cumplía con mi deber.

—¡Y yo con el mío!

Y, aproximándose a Pat, lo elevó como si se tratara de un muñeco y volvió a propinarle un nuevo golpe.

—Vosotros vigilad a ésos —dijo Phil, por Mendoza y Murphy—. No me fío de ellos.

—¡Cobardes! ¡Miserables! —Gritaba Ivonne, entre lágrimas—. ¡Y pensar que os creí buenas personas!

—Será preferible que no me irrites, muchacha. Este es un hombre que sólo merece desprecio —dijo Phil—.

—Después de esto, creo que serías capaz de disparar sobre mí —contestó furiosa Ivonne.

—¡Levántate! —Gritó Phil al inspector.

Pat, con bastante dificultad y sangrando por boca y nariz, obedeció.

En esos momentos, entró Glen que iba en compañía de Russell.

—¡Pat! ¿Qué te sucede?

—¡Quieto, patrón! —Gritó Phil—. No se mezcle en esto. Es una vieja cuenta que teníamos que saldar este coyote y yo.

—Pero si es un buen amigo mío y un...

—Sabemos perfectamente quién es, patrón —dijo Danish—. Y es una verdadera pena que no haya sabido elegir mejor las amistades.

—¡Dejad tranquilo a Pat! —Gritó Glen, moviendo sus manos hacia las armas.

—¡Levante las manos, patrón! —Ordenó Sam a sus espaldas—. No nos obligue a disparar sobre usted. Esto es un asunto nuestro en el cual no debe intervenir.

Y en esos momentos, Phil volvió a golpear a Pat.

Esta vez cayó sin conocimiento.

Ivonne metió una de sus manos en un bolsillo y cuando empuñaba el pequeño «Colt» que siempre llevaba gritó Danish:

—¡Un segundo en tirar ese «Colt» y disparo!

Ivonne obedeció. Aunque en el fondo pensaba que aquellos muchachos se habían excedido en el castigo. Claro que así a nadie le quedaría la menor duda de que se odiaban.

—¡Esto es la mayor cobardía de que he sido testigo! —Gritó Glen.

—Sepa que ese tipo me estuvo golpeando durante más de media hora mientras dos de sus hombres me encañonaban con los «Colt». ¡No comprendo cómo me contengo y no le mato! —Dijo Phil.

—¡No regreséis al rancho! —Gritó Glen—. ¡Estáis despedidos todos!

—No tiene motivos para despedirnos, patrón.

—Claro que tengo. ¡No soporto a mi lado a cobardes que se atreven a esto!

En ese momento, Phil, a una velocidad endemoniada, desenfundó uno de sus «Colt» y disparó una sola vez.

El disparo atravesó el sombrero de Glen, quien retrocedió completamente aterrado.

—Sólo ha sido un aviso, patrón. La próxima vez que nos insulte, le mataré —comentó Phil.

—Será preferible que no volvamos al rancho —dijo Danish—. Le creo capaz de disparar a traición sobre nosotros.

—Tiene razón —dijo Sam—. Lo siento mucho por Selma, ya que esto la hará odiarme, a pesar de saber que estamos enamorados.

—¡Si volvéis a entrar en este saloon, seré yo quien os reciba a tiros! —Gritó Ivonne.

—Procura no incomodamos, Ivonne —dijo Sam—. Cuando Phil está nervioso pierde los estribos y le da por incendiar todo lo que encuentra. Y este local puede ser una tentación para él.

—Creo que me has dado una gran idea —dijo Phil—. Podríamos prender fuego a este local y con él el cuerpo de ese coyote sabueso.

—No, Phil. Ahora debes serenarte —dijo Danish—. Por hoy es suficiente castigo, pero si se queda aquí, le propinaremos una paliza cada vez que le encontremos.

—Si el patrón nos despide, ¿qué haremos?

—Buscaremos trabajo por toda esta zona y si no marcharemos hacia Phoenix. A ser sincero, os diré que siempre me gustaron más las ciudades grandes.

Mendoza y Murphy se volvieron a mirar; luego, el

primero dijo:

—Creo que serían unos auxiliares maravillosos.

—Sí. En eso estaba pensando. Pero si les damos trabajo, nos enfrentaremos a Pat.

—Ya, has oído que no tiene nada contra ellos, y mientras sepa que están aquí, no creo que se atreva a venir más.

—Les ofreceremos trabajo —intervino Pancho—. Son tres muchachos que me agradan mucho. Vendrán a nuestro rancho.

—Por lo menos, ese Phil querrá venir al mío —dijo Murphy, sonriendo—. Deseará vivir cerca de mi hija.

—Siempre que ellos accedan.

Pat volvió en sí, y en silencio miró a los tres amigos.

Sam se aproximó a él, diciéndole:

—No debe guardar rencor a Phil. Fue mucho peor lo que usted hizo con él.

—¡Será preferible que os alejéis de aquí!

—No olvide que para acusarnos de algo ante un tribunal, debe presentar pruebas que lo justifiquen... —Dijo Sam—. Y esto no será una prueba, ya que somos testigos de que ha sido una lucha noble. Lo único que ha sucedido aquí, es que su enemigo es muchísimo más fuerte.

Pat guardó silencio.

Ivonne le atendía con cariño. Mientras le limpiaba la sangre, le dijo en voz baja:

—¡Creo que se ha excedido! ¡Por unos momentos pensé que era cierto lo que ese muchacho decía!

—Lo han hecho de maravilla.

—¡Pero tú has sido el único golpeado!

—Era lo que había que hacer —dijo Pat.

Los tres amigos se reunieron en el mostrador sin perder de vista a Pat.

Glen se aproximó a Pat y le atendió también.

Russell, que también estaba en el secreto, dijo:

—No debéis regresar al rancho. Esto que habéis hecho no lo hubierais conseguido de tener yo veinte años menos.

—No hubiera podido evitarlo tampoco.

—Vamos hasta el saloon de ese Duke —dijo Sam—. Tendremos que hacernos clientes de él. Hablaremos con otros rancheros. Aunque creo con sinceridad que perderemos el tiempo.

—Si no encontramos empleo, marcharemos hacia Phoenix.

Y los tres jóvenes salieron del local de Ivonne.

Cuando salieron, los reunidos empezaron a hacer algunos comentarios sobre lo sucedido.

* * *

Duke, al ver entrar a aquellos tres jóvenes a los que conocía, se puso en guardia temiendo que fueran dispuestos a provocarle, aunque nada les había hecho, y, por lo tanto, nada tenía que temer.

Pero le habían hablado tanto de la peligrosidad de aquellos tres muchachos, que no pudo evitar el ponerse en guardia.

Les saludó fríamente.

Frialdad que no pasó inadvertida por los amigos.

—Hay que tener mucho cuidado con este hombre —advirtió Sam—. Según Ivonne, es uno de los más peligrosos.

—Pero, después de lo sucedido, todos confiarán en nosotros —agregó Danish.

Bebieron, pero, Murphy y Mendoza no habían aparecido por allí como ellos esperaban.

Se disponían a abandonar ya el local unas dos horas más tarde, cuando se presentó Pancho, diciéndoles muy sonriente:

—Mi patrón desea hablar con vosotros. ¿Podéis venir hasta el rancho?

Los tres amigos se miraron sonrientes. Las cosas empezaban a marchar tal como habían pensado.

—¿Pero, qué es lo que desea tu patrón de nosotros...?

—Interrogó Sam.

—Hablar con vosotros.

—¿Sobre qué?

—Eso es algo que desconozco, pero creo que os interesará.

—Si es así, iremos ahora mismo.

Y salieron en compañía de Pancho.

Duke, sin entender lo que sucedía, se encogió de hombros. Pero, dos minutos más tarde, un vaquero de Mendoza entraba en el local, diciendo a Duke:

—¡Vaya sorpresa la que ha recibido Glen con esos muchachos!

—¿Qué ha sucedido?

—¿Es que no te has enterado?

—No.

—Pues han dado una paliza al inspector Hesketh. ¡Ese Phil no es hombre que olvida fácilmente!

—¿Quieres explicarte con más claridad?

El vaquero explicó lo sucedido en el local de Ivonne. Cuando finalizó el vaquero, dijo Duke:

—¡Serán tres buenos auxiliares!

—Creo que estábamos todos equivocados.

—Eso piensa el patrón.

—Confieso que he estado desacertado con ellos.

—¡Cuánto me alegro que le hayan dado una lección a ese orgulloso!

—Pero Pat Hesketh procurará vengarse.

—No creo que se atreva, después de lo sucedido.

Mientras tanto, los tres amigos llegaron al rancho en compañía de Pancho.

Carol, que estaba en la puerta, les miró sorprendida.

—¡Hola, miss Carol! —Saludó Danish—. Creo que de ahora en adelante nos veremos con más frecuencia.

La joven, aunque contenta de esta visita, no supo qué responder.

Mendoza salió, diciendo:

—¡Me alegra veros por aquí, muchachos! ¡Pasad!

Los tres amigos, aunque sin dejar de vigilar a los

vaqueros que había próximos, entraron en la vivienda.

—Aunque yo no tengo nada contra el inspector Hesketh, me alegra lo que habéis hecho con él y como después de ello no encontraréis trabajo en otro rancho, he decidido ofreceros trabajo aquí.

—Esta es la mejor noticia que podía recibir —dijo Danish—. Voy a confesarle que su hija es una muchacha que me agradó desde un principio y esto me brindará la oportunidad de estar a su lado. ¡Yo, por mi parte, acepto encantado!

—¡Y yo...! —Dijo Sam—. ¡Ah! Me gustará castigar a nuestro antiguo patrón. ¡Glen tendrá que arrepentirse de habernos arrojado del rancho!

Mendoza escuchaba satisfecho las palabras de los tres amigos.

—Yo, preferiría trabajar en el rancho de míster Murphy —dijo Phil.

—Grace suele venir con mucha frecuencia por este rancho —agregó, sonriente, Mendoza.

Phil, sonriendo por el verdadero significado de aquellas palabras, dijo:

—Bueno. Si es así, puede contar conmigo. Aunque me gustaría trabajar con Murphy.

—Hablaré con él —dijo Mendoza—. Creo que no tendrá inconveniente en admitirte.

—Pero primero deseamos conocer las condiciones —dijo Sam.

—No os preocupéis. Ya os hablaré más adelante... —Respondió Mendoza—. No tendréis queja de mí.

Capítulo 10

MARCIAL LAFUENTE ESTEFANÍA

Tal como quería, Phil consiguió empleo en el rancho de Murphy. Cosa que agradó a los tres amigos, ya que así vigilarían los dos ranchos.

Pero transcurrieron dos meses sin que consiguieran averiguar nada.

Empezaron los tres amigos a desesperarse, cuando uno de los cow-boys de Mendoza les aseguró que ellos ganaban unos doscientos dólares mensuales.

Con mucha habilidad, Sam supo hacer hablar al beodo, que dijo todo lo que les interesaba.

En vez de ocultarlo, acto seguido se encaminaron hacia la vivienda principal y pidieron permiso para hablar con el patrón.

Mendoza les recibió sonriente.

—¿Qué deseáis de mí?

—Sólo deseamos hacerle una pregunta —respondió Sam, muy serio.

—Espero una visita.

—No le entretendremos mucho —dijo Danish—. Solamente deseamos preguntarle el motivo por el cual estamos trabajando en este rancho con un sueldo muy interior al resto de los vaqueros y peones.

Mendoza dejó de sonreír, y después de algunos segundos de silencio, dijo:

—No os comprendo bien. Ganáis cuarenta dólares mensuales, al igual que todos en este rancho.

—¡Eso no es cierto! —Gritó Sam.

Mendoza, al ver la actitud de aquellos dos jóvenes, palideció visiblemente.

En ese preciso momento, Carol salió de una de las habitaciones que comunicaban con el comedor donde charlaban los tres hombres y, sonriendo, dijo:

—¿Vamos a dar un paseo, Danish?

—Tan pronto como terminemos de hablar con tu padre. Ahora debes dejarnos unos minutos —respondió Danish.

La muchacha, encogiéndose de hombros, agregó:

—Procura no tardar.

Y salió del comedor.

No era un secreto para nadie que los dos muchachos estaban enamorados.

Esto no agradaba mucho a Mendoza, pero no se atrevía a decir nada sobre este particular por temor a la reacción de Danish.

—No comprendo por qué decís eso.

—Será inútil que siga mintiendo, míster Mendoza —le interrumpió Sam—. Acabamos de hablar con un amigo que trabaja en este rancho y nos ha dicho que salía por unos doscientos mensuales. ¿Quiere explicarnos el motivo de que ganemos solamente cuarenta? ¿Es que no somos tan buenos cow-boys como ellos?

Mendoza no sabía qué decir. No podía ocultar su temor hacia aquellos dos jóvenes.

Transcurridos, unos pocos segundos, y, una vez que se hubo serenado, dijo:

—Quien os haya dicho eso, lo ha hecho con la sana intención de poneros a mal conmigo. Nadie en este rancho, ni siquiera el capataz, gana esa cantidad.

—Nosotros sabemos que no es cierto. Lo que no comprendemos es el motivo, aunque lo sospechamos —agregó Max—. Supongo que esos viajes que hacen con bastante frecuencia a México deben reportarles muchos miles de dólares.

—¿Qué es lo que quieres decir? —Interrogó muy serio, Mendoza.

—¡Cuidado, patrón, con el movimiento de manos! —Advirtió Sam—. No olvide que yo no estoy enamorado de su hija. Sabemos muy bien que esos viajes a México le dan muchos miles de dólares y no está bien que nos considere como extraños.

Mendoza, completamente pálido, dijo:

—No sé quién os ha podido contar esas historias, pero os aseguro que os ha engañado.

—Si no tiene confianza en nosotros, será preferible que sea sincero y nos marcharemos de aquí. Pero de quedarnos, tendrá que pagarnos igual que al resto de sus vaqueros y peones —dijo Danish.

—Y, no crea que somos tontos —agregó Sam—. Sabemos que son armas lo que esos arrieros llevan a México y... ¡Quieto! ¡No me obligue a hacer algo que no deseo!

Mendoza estaba nervioso.

No sabía si en realidad debía confiar en aquellos muchachos.

Después de mucho pensarlo, dijo:

—Está bien. Confieso que no me fiaba de vosotros, aunque os admití para que nos ayudarais.

—¿Por qué razón no se fía de nosotros? —Interrogó Danish serio—. Piense que estando trabajando aquí, tendríamos que averiguarlo, al igual que Phil lo ha averiguado en el rancho de míster Murphy. Sabemos que los víveres que con tanta frecuencia le envía Duke, son rifles que van a manos de los rebeldes mexicanos, y, lo que es peor, a manos de Jerónimo. Si los militares llegaran a enterarse, nosotros no nos libraríamos de la cuerda. Por lo tanto, creo que tenemos derecho a percibir parte de esos beneficios.

—Yo he tratado de ocultar todo ese movimiento, pero veo que no lo he conseguido. Debí pensar que no podría engañaros —dijo Mendoza, más sereno.

—Piense que nosotros vamos a beber todas las tardes con nuestros compañeros y que nos hemos dado perfecta cuenta de que ellos gastan mucho más que nosotros, y que siempre tienen dinero. De alguna parte tenía que salir, y, puestos a averiguarlo, no nos ha sido muy difícil. Así que será preferible que tenga confianza en nosotros y nos hable con claridad. Nosotros tres estuvimos complicados en el asunto de los sioux. Éramos los encargados de burlar a los militares en las Colinas Negras, mientras otros actuaban con plena libertad. Si nos ponemos de acuerdo, le aseguro que las cosas saldrán mucho mejor. Ya somos expertos en esta materia. Y, llegado el momento, no vacilamos en disparar.

—¿Hasta contra militares? —Interrogó Mendoza.

—Si ello fuera preciso, no titubearíamos —Danish respondió—. Claro que esto, no me agradaría que lo supiera su hija.

—Puedes estar tranquilo... —Dijo Mendoza—. Está bien. Desde hoy, entráis a formar parte de todos los negocios que tengo entre manos y espero con vuestra ayuda que todo salga mejor.

—No debe ni dudarlo... —Dijo Sam—. Claro que nosotros nos encargaremos de llevar esas armas y por ello exigiremos cinco dólares por rifle. ¿De acuerdo?

Mendoza, al verse contemplado por los dos amigos, no sabía qué responder.

Después de pensarlo bien, dijo:

—No puedo decidir por mi cuenta. He de hablar con otros amigos.

—Claro. Puede hacerlo —agregó Danish, dando por terminada la conversación—. Estoy seguro que míster Duke y míster Murphy estarán de acuerdo.

Mendoza no quiso responder nada.

En esos momentos el galope de un caballo le obligó a decir:

—Debe ser la persona que espero. Debéis marchar antes. He de hablar de cosas muy serias con él.

—Ya, pero no olvide nuestra proposición —dijo Danish—. Y un consejo: procure que las armas no permanezcan en este rancho. Su hija podría descubrirlas sin proponérselo.

—Pensaré en ello.

Los dos muchachos, sin dar la espalda a Mendoza, salieron del comedor.

Iban muy contentos por lo averiguado, ya sólo tenían que esperar el momento de cogerlos a todos con las manos en la masa.

Carol, al ver salir a los jóvenes, se reunió con ellos diciendo:

—Vamos hasta el rancho de Grace; ella y Phil nos esperan para pasear.

—¿Permitís que os acompañe? —Interrogó Sam.

—Claro. Puedes hacerlo, Sam —dijo sonriendo Carol—. Y, si lo deseas, podemos acercarnos hasta el rancho de Selma.

—No se... Me gustaría verla, pero su padre me arrojará del rancho.

—No creo que se atreva. En el fondo, os teme.

—Prefiero seguir viéndola a escondidas.

—Podemos acercarnos hasta la escuela y a la salida marchar los seis a pasear.

—¡Eso me parece formidable! —Exclamó Sam.

Carol, fijándose en el jinete que en esos momentos estaba desmontando ante la puerta principal de la vivienda, arguyó:

—Esperadme un momento. Voy a saludar a Richard. Enseguida vuelvo.

Los dos jóvenes se fijaron bien en el personaje que desmontaba. Era un hombre excesivamente elegante, al que no habían visto hasta entonces.

—¿Quién podrá ser? —Interrogó Sam.

—Yo tampoco le conozco. Es la primera vez que le veo —respondió Danish—. ¿Qué piensa hacer?

—Nada. De momento, hemos de esperar. Hemos descubierto lo que nos trajo hasta aquí; ahora debemos averiguar quienes son los que envían las armas.

—¡Eso será muy difícil!

—No lo creas...

—Me preocupa por Carol.

—Deberías convencerla para que marchara hasta la ciudad de Phoenix. No me gustaría que estuviera aquí, cuando se presente Pat con sus hombres.

—No vendrá solo. Le acompañarán los militares.

—No podrá escapar ni uno solo de los complicados. Nosotros nos encargaremos de Duke.

No tardó mucho en regresar Carol.

Montaron los tres jóvenes a caballo y se alejaron en dirección al rancho de Murphy.

—¿Quién es ese personaje? —Interrogó Danish a

la joven.

—Es un buen amigo de papá.

—¿Es de por aquí?

—No. Vive en Santa Fe.

—¿Tiene negocios con tu padre?

—Sí.

—¿Qué clase de negocios?

—Yo no lo sé, pero creo que es socio de mi padre y Murphy.

Los dos jóvenes se miraron en silencio. Ambos pensaban en lo mismo.

Se encontraron con Grace y Phil bastante antes de llegar al rancho.

Una vez juntos, se encaminaron hacia Tucson. Los cinco charlaban animadamente mientras cabalgaban.

Entraron en la ciudad y se encaminaron al saloon de Duke, mientras Sam iba en busca de Selma.

Entró decidido en la escuela, siendo recibido con alegría no disimulada por la joven.

—Finaliza las clases —le dijo en voz baja—. Hemos de hablar rápidamente.

Selma ordenó a los niños que abandonaran la escuela hasta el día siguiente.

Cuando quedaron solos, dijo:

—Debes decir a tu padre que avise a Pat. Ya debe prepararse para intervenir.

—¿Habéis conseguido averiguar algo?

—Hemos conseguido que Mendoza se confiara a nosotros.

—¿Entonces?

—Estábamos en lo cierto. Son los que envían las armas a México y a Jerónimo.

—¡Qué miserables!

—Pronto recibirán su castigo.

—Lo siento mucho por Carol y Grace. Son dos buenas amigas.

—Es lo que más nos preocupa. Pero tendrán que comprender que no podemos...

—Pensando en sus hijas, yo creo que deberías ayudar a Mendoza y a Murphy.

—¡Eso no es posible, Selma! ¡Deben pagar como corresponde a su terrible delito! Piensa que por su culpa son muchos los militares que caen en lucha. Si no fuera por esas armas, obligaríamos a los indios a permanecer en sus reservas.

—Tienes mucha razón. Pero piensa que Danish y Phil se han enamorado.

—Lo siento, pero no podré hacer nada por ellos.

—Puede que lo hagan ellos.

—No se lo consentiré. No creas que no he pensado en ello. Pero creo que ni Danish ni Phil harán nada por ayudar a esos hombres; puede que lo único que hagan es no disparar sobre ellos, llegado el momento.

—¿Pensáis detenerlos pronto?

—No. Todavía, hemos de esperar a averiguar de dónde proceden las armas. Aunque sospechamos que vienen de Santa Fe.

—¿Has venido solo?

—No. Carol y Grace nos están esperando en el local de Duke en compañía de Danish y Phil.

—Muy bien; vamos.

Los dos jóvenes salieron al exterior y Selma se cogió a un brazo de Sam.

Este miró sonriendo a la joven.

Los transeúntes les contemplaban curiosos.

Una vez en el local de Duke, se reunieron con los amigos y charlaron animadamente.

Duke contemplaba al grupo de jóvenes sonriente.

Minutos más tarde, entró Murphy en compañía de varios vaqueros.

Saludó a Sam y Danish, así como a las muchachas.

Bebieron todos juntos y media hora después los jóvenes salieron.

Después, las tres parejas marcharon a pasear por los alrededores. Empezaba a anochecer cuando dejaron a las jóvenes en sus ranchos.

Ellos se reunieron de nuevo para regresar al saloon de Duke.

Sam y Danish contaron a Phil todo lo sucedido con Mendoza.

—Entonces, yo creo que deberíamos intervenir cuanto antes —dijo Phil.

—Hemos de tener paciencia y averiguar quienes son los que envían las armas a Duke —dijo Sam—. Ahora que Mendoza se ha confiado a nosotros, no nos resultará difícil.

—Lo que hemos de procurar es hacer salir de aquí, y antes que empiecen los jaleos, a Grace y Carol —dijo Danish.

—Si estamos seguros que son armas lo que esos arrieros llevan, hemos de evitar que lleguen a su destino —dijo Phil—. Mañana saldrá a primeras horas una caravana hacia el sur del rancho de Murphy.

—Aunque también le avisará el padre de Selma, por si acaso no le puede ver, hablaremos ahora mismo con Ivonne para que hable a Pat.

—No debemos entrar en el local de Ivonne.

—No sospecharán nada si lo hacemos bien. Vamos a provocar escándalo; romperemos unas botellas...

Inmediatamente, los tres amigos se encaminaron hacia el local de la joven.

Esta, al verles entrar, les sonrió levemente.

Pero cuando se aproximaron al mostrador, dijo:

—¡No hay bebida para vosotros! ¡Largo de aquí!

Los reunidos se fijaron en ellos.

—No debes ser tozuda, Ivonne... —Dijo Sam—. Si nos obligas, beberemos sin pagar.

—¡He dicho que no beberéis en esta casa!

—No solamente beberemos, sino que tendrás que acompañarnos —añadió Phil.

—¡Os odio con toda mi alma!

—¿No ha vuelto más por aquí el cobarde de Pat...? —Interrogó Phil—. Hum... Es que estoy deseando propinarle otros golpes.

—¡Sólo a traición lo conseguirías! ¡Pero terminarás colgando de un árbol y tiraré de tus pies gustosa!

—Puede que, antes que eso suceda, sea yo quien tire de tus pies —dijo Phil, ante la sorpresa de todos.

—Dejad de discutir y pon de beber —dijo Sam.

—¡He dicho...!

—Mira, si antes de contar tres no nos has servido, empezaré a disparar contra esas botellas —dijo Sam, interrumpiendo a la joven y con los «Colt» empuñados.

Ivonne, contemplando a los reunidos, dijo:

—¡Deberíais ayudarme!

—¡Una! ¡Dos...! ¿Pones de beber? ¡Por última vez!

—No creo que seas tan cobarde como...

Dejó de hablar para contemplar horrorizada todo el destrozo que las armas de Sam estaban haciendo en la estantería.

—¡Basta! ¡Quieto! ¡Os daré de beber! —Gritó.

—Así me gusta —dijo Sam.

Ivonne les sirvió de beber.

Los curiosos contemplaban la escena en silencio.

—Ven con nosotros hasta uno de los reservados. Beberás un trago.

—¡Eso no conseguiréis que lo haga! ¡Os odio!

Sam, de nuevo con las armas en sus manos, interrogó:

—¿Empiezo a disparar?

—¡No! ¡No! ¡No dispares...! —Gritó Ivonne—. ¡Está bien, beberé con vosotros!

Después, los tres amigos entraron en un reservado en compañía de Ivonne.

Una vez sentados, dijo Sam:

—Debes avisar a Pat para que se encargue de detener la caravana que saldrá mañana hacia el sur del rancho de Murphy. Procura advertirle que no deje escapar ni a uno solo de los hombres que la conducen.

—No vendrá ya hasta mañana... —Dijo la joven.

—Puedes ir tú hasta su refugio a verle.

—De acuerdo. ¿Qué más debo decirle?

Sam habló durante varios minutos con Ivonne.

Cuando finalizaron, dijo Sam:

—Buen. Ahora debes salir al saloon insultándonos. Debes creer que hemos intentado abusar de ti.

—Soy una buena comediante. Ya lo veréis —dijo Ivonne, y salió del reservado.

El Final

—Muchachos, no debisteis hacer eso con Ivonne —decía sonriendo Murphy, en el local de Duke—. No le agradará a mi hija.

—No hemos podido contenemos —dijo Phil—. Tiene una lengua muy ligera para los insultos. Creo que la próxima vez que me encuentre con Pat, disparé sobre él para castigar a esa cotorra.

—No debes hacerlo, Phil —aconsejó Murphy—. Si lo hicieras, tendríais que salir de aquí rápidamente. Y pronto empezaremos a necesitar de vosotros.

—No le comprendo... —Dijo Phil.

—Ya hablaré contigo en el rancho. Ahora podéis beber lo que queráis; yo pago.

Los tres amigos siguieron charlando con el patrón de Phil.

Minutos después, Mendoza, acompañado de aquel personaje llamado Richard, por Carol y otro cow-boy, entraba en el local.

Murphy, al fijarse en el acompañante de Mendoza, se encaminó hacia él, diciendo:

—¡Richard! ¿Qué te trae por aquí?

—Hemos de hablar —dijo Mendoza—. Vamos a un reservado y di a Duke que nos acompañe.

Después de saludarse Richard y Murphy, este último se encaminó hacia el mostrador y habló con Duke.

Unos minutos después charlaban animadamente los cuatro en un reservado.

Danish decía a sus dos amigos:

—El rostro de ese Richard me resulta conocido. No es la primera vez que le he visto, estoy seguro.

—Si es de Santa Fe, no sería nada difícil que le conocieras —dijo Sam.

—En ese caso, tampoco sería muy difícil que él te reconociese —agregó Phil.

Sam y Danish se miraron en silencio.

Las palabras de Phil eran de una lógica aplastante.

—Si te reconociese, lo echaríamos a perder todo —añadió Phil—. Creo que sería conveniente que te marcharas de aquí antes de que salgan.

Danish, en silencio, se alejó del local.

Cuando Danish salió, comentó Sam:

—Pero si ese personaje queda como huésped de Mendoza, no conseguiremos nada.

—De momento, ya lo hemos evitado. Después vosotros debéis pensar la forma para que Danish no sea visto por él.

Mientras tanto, en el reservado, los cuatro seguían charlando animadamente.

—¿Cómo has podido saber que Pat Hesketh es el encargado de averiguar todo el asunto de las armas...? —Interrogó Duke a Richard.

—Vengo de Phoenix, y no olvides que el secretario del gobernador es muy amigo mío —respondió Richard—. Debéis permanecer inactivos una temporada.

—Pero mañana tienen que salir mis hombres —dijo Murphy—. No quiero tener esas armas en mi casa. Mi hija pudiera descubrirlas y...

—Está bien —dijo Richard—. Pero una vez que salgan, que procuren vivir en constante vigilancia. No enviaré armas hasta que Pat compruebe que sus sospechas sobre vosotros eran infundadas.

—¿Pero qué hago con las que tengo en el sótano...? —Interrogó Duke.

—Ahí estarán seguras —respondió Mendoza.

—Creo que Pat nunca se atreverá a venir por aquí —dijo Murphy—. Hay unos muchachos que...

—Sí; lo sé. Ya me ha hablado Mendoza de ellos —le interrumpió Richard—, Y me gustaría conocerles. Si es cierto que son expertos en estos negocios, quisiera escuchar la opinión de ellos.

—Están ahí fuera, en el local —dijo Duke.

—Diles que pasen —agregó Mendoza.

Sam y Phil entraron en el reservado. Explicaron que Danish había salido del local porque se encontraba un poco «cargado» de bebida.

—Le conocerás en el rancho —dijo Mendoza.

Richard habló claramente a los dos amigos.

Estos, después de mucho hablar, convencieron al grupo de Richard para que les encargaran a ellos de llevar las armas a su destino.

—Pero, nosotros no vamos a ir en las caravanas... —Dijo Sam—. Nos dedicaremos a espiar a las patrullas militares que vigilan por la frontera y por las montañas Chiricahuas. Así siempre seremos nosotros quienes conozcamos los movimientos de ellos. Eso es lo que hacíamos siempre en las Colinas Negras y, de no ser por un cobarde que nos denunció, los militares jamás hubieran podido descubrir la verdad.

Duke finalizó diciendo:

—Creo que hemos tenido suerte al encontrar a estos jóvenes.

—Les aseguro que no tendrán por qué arrepentirse de la confianza que han depositado en nosotros —dijo Sam—. Pero ya saben que tendrán que darnos cinco dólares por cada rifle que entreguemos a Jerónimo. ¿De acuerdo?

—Podéis contar con ellos.

* * *

—¿No nos hemos visto en otra parte? —Preguntaba Richard a Danish.

Este, sereno, respondió:

—No... No lo creo. Soy un buen fisonomista y estoy seguro que es la primera vez que le veo. Puede que me confunda con algún otro.

—Será así.

Cuando Richard se alejó de Danish, éste respiró con tranquilidad.

Sam y Phil se reunieron con Danish.

—¿Qué tal?

—No ha conseguido recordar de qué me conoce. Y confieso que a mí me ha sucedido lo mismo.

Richard, una vez que se hubo alejado de Danish,

dijo a Mendoza:

—Ese rostro lo he visto en otra parte, pero no recuerdo dónde.

—Vestido de cow-boy no es difícil confundir a unos con otros.

—Puede ser —dijo Richard pensativo.

—Vamos hasta el rancho —dijo Mendoza.

Y los dos salieron del local de Duke.

Los tres amigos marcharon hasta la escuela en busca de Selma.

Ya sabían que Richard Farson era el que enviaba las armas a Tucson. Ahora sólo tendrían que averiguar quién se las enviaban a éste, claro que esa labor se lo dejarían para los federales.

Selma les recibió cariñosa.

—Debes decir a tu padre que envíe recado a los militares para que se preparen. Es una pena que no esté Pat. Deseo terminar este asunto cuanto antes.

—Espera a que Pat regrese —dijo Danish.

—Estoy de acuerdo con Danish —agregó Phil.

—De acuerdo, esperaremos a que regrese. No creo que tarde mucho.

—Posiblemente a estas horas ya han caído sobre la caravana.

—Yo creo que vosotros deberíais hablar con la mayor confianza con Grace y Carol —dijo Selma—. Les debéis dar la noticia vosotros mismos. De ésta manera, no será tan duro el golpe que reciban cuando sean detenidos sus padres.

—No, podemos hacerlo, porque si lo hiciéramos, pondríamos en peligro nuestras vidas, ya que ellas tratarían de convencer a sus padres para que huyeran.

—Pensad que ello os puede costar la felicidad.

—Tendrán que comprender que es lógico el castigo que se les imponga.

—Si pero aunque lo comprendan, no dejarán de ser hijas, y por ello, os odiarán siempre. Deberíais ayudarles a huir hasta México.

—No permitiré que huyan —dijo Sam—. Puede que estés en lo cierto, Selma, pero no dejaré de cumplir con mi deber aunque perjudique a estos dos amigos.

Selma no insistió.

—Voy en busca de Grace —dijo Phil.

—Te acompaño —dijo Danish—. Carol está en el rancho de Grace.

Cuando salieron, comentó Sam:

—Creo que ésos pensarán en tus palabras. Y lo siento, pero evitaré en lo que pueda que traten de ayudar a esos miserables.

—Piensa que están enamorados.

—A ellos les comprendo, pero no por ello trataré de evitar que esos miserables consigan huir.

* * *

Se disponían a salir de paseo Phil y Danish con las dos jóvenes, cuando un vaquero entró en el comedor, preguntando por el patrón.

—¿Qué sucede? —Interrogó Grace.

—¿Dónde está su padre?

—¿Qué es lo que sucede, Rock? ¿Qué haces tú por aquí...? —Interrogó muy serio Murphy, apareciendo en el comedor.

—¡He de hablar con usted ahora mismo! —Dijo el vaquero, mirando a las dos jóvenes.

—Dejadnos solos... —Dijo Phil a las muchachas.

Estas, encogiéndose de hombros, obedecieron.

Cuando salieron, dijo Rock:

—¡Pat y sus hombres, en compañía de una patrulla militar, se han apoderado de las armas!

—¡Maldición! —Gritó Murphy, paseando por el comedor como fiera enjaulada.

—¿Cómo sucedió? —Interrogó Phil.

—Nos sorprendieron a unas treinta millas de aquí.

—¿Consiguieron huir los muchachos?

—No. Solamente yo, por haberme retrasado un

poco. Lo presencié a distancia.

—¡Hemos de huir! —Gritó Murphy—. ¡Vamos a avisar a los otros!

—¿Cree que hablarán? —Interrogó Phil.

—No será necesario que lo hagan, son conocidos como vaqueros míos.

—Eso no demuestra nada... —Dijo Danish—. Para acusarle a usted, tendrán que encontrar armas en su rancho. ¿Tiene alguna remesa aquí?

—No. Están todas en la bodega de Duke.

—Entonces no tiene nada que temer. Lo único que tiene que hacer es negar todo.

—Pero mi hija...

—No debe temer —dijo Phil—. Ellos creen que capturaron a todos y por lo tanto tardarán varios días en venir a averiguar algo. En ese tiempo ya pensaremos lo que debemos hacer. Ahora lo que hay que conseguir es eliminar a los que iban en la caravana antes de que hablen. ¿Dónde creen que los llevarán?

—A Fort Huachuca.

—En ese caso, iremos nosotros tres hasta el fuerte y nos encargaremos de eliminarlos —dijo Phil—. Debe tranquilizarse. Si no han hablado, no lo harán. ¡Vamos, Danish! Hemos de reunirnos con Sam.

Y los dos muchachos salieron corriendo.

Se disculparon ante las muchachas, diciéndoles que tenían que dar un recado urgente a Mendoza.

Pronto se extendió por toda la zona la noticia de que los caravaneros que fueron detenidos por la patrulla militar y los federales, habían sido eliminados de forma misteriosa en el propio fuerte.

Cuando esta noticia llegó a Tucson, Murphy y sus amigos se reunieron en el local de Duke para celebrarlo.

—¡Son admirables! —Decía Murphy.

—Lo que no comprendo aún, es cómo han podido burlar la vigilancia del fuerte —comentó Richard—. Ello demuestra que son habilidosos e inteligentes.

—¡Estamos totalmente de enhorabuena al tener a

esos muchachos a nuestro lado! —Comentó Mendoza.

Los tres amigos entraron en el saloon de Duke, saludando a los cuatro reunidos a una mesa.

Los cuatro les felicitaron, en particular Richard.

—Gracias. Ahora nos van a perdonar, pero hemos de ir a disculparnos ante las muchachas por nuestra tardanza —dijo Danish.

—Esta noche celebraremos una fiesta aquí —dijo Murphy—. Hay que celebrarlo.

Y los tres muchachos abandonaron el local.

Dos forasteros entraron segundos después.

Richard, al fijarse en ellos, les hizo señas para que se acercaran. Cuando se acercaron, preguntó:

—¿Qué hacéis vosotros aquí?

—¡Hemos galopado sin descanso...! —Dijo uno—. Tenemos una gran noticia para usted.

—¿Quieres hablar?

—El sobrino del gobernador de Santa Fe está en esta ciudad en compañía de otros dos muchachos. Son los encargados por Washington para averiguar el asunto de las armas...¡

—Eso es. ¡Ya decía yo que esa cara me era conocida! —Bramó Richard—. ¡Nos han engañado!

Mendoza, Murphy y Duke, se miraron pero sin comprender una sola palabra de lo que sucedía.

—¡Esos muchachos que acaban de salir de aquí son unos traidores! —Dijo Richard a sus amigos y socios—. Son enviados especiales de Washington para descubrir el contrabando de armas que se efectúa por esta zona.

—¡No es posible! ¡Has oído decir que han matado en el...!

—¡Todo está bien preparado! ¡Es un bulo que han hecho correr los militares para confiarnos! Hemos de eliminarlos antes de huir de aquí! ¡No me agradó jamás que me tomaran el pelo!

—¡Pero no es posible! —Dijo Mendoza—. Nosotros presenciamos la paliza que le propinaron al inspector Pat Hesketh. Le dejaron malherido.

—¡No! ¡Todo estaba preparado! Ese Danish es el sobrino del gobernador de Nuevo México. ¡Cómo no le habré reconocido antes!

—Si es así... —Dijo Duke muy serio—, estamos realmente perdidos.

—Ellos estarán confiados. ¡Nos vengaremos!

—Esta noche nos vengaremos... —Dijo Duke.

—¡No! ¡Ha de ser ahora mismo! —Gritó Richard—. Enviad a un hombre a buscarlos con urgencia.

—Yo mismo iré —dijo Pancho, que escuchaba todo en una mesa contigua.

—Procura engañarlos diciendo que está aquí el inspector Pat.

Pancho salió del local y montando a caballo se encaminó hacia el rancho de su patrón.

Dos millas fuera de la ciudad, se encontró a los tres jóvenes que se disponían a separarse para ir cada uno en busca de las muchachas.

—¡Hola! —Les saludó—. Me envía el patrón para comunicaros que vayáis sin pérdida de tiempo al local de Duke. Allí os espera.

—¿Qué es lo que sucede?

—Está el inspector Pat en compañía de unos cuantos agentes.

Los tres muchachos se miraron sonrientes.

En ese mismo momento, Sam, empuñando las armas, encañonó a Pancho diciéndole:

—¡Eres un embustero! ¿Por qué te han enviado a buscarnos? ¿Qué han descubierto...? El inspector Pat no puede estar en el local de Duke porque está en el rancho de Glen Penton. Así que será mejor que hables con claridad si deseas salvar la vida.

Completamente aterrado, Pancho explicó a los amigos lo que sucedía.

Cuando finalizó, dijo:

—¡Ahora debéis dejar que huya...!

—Bien. Te voy a dar una oportunidad —dijo Sam, enfundando el «Colt»—. Ahora estamos en igualdad de condiciones.

Tuvo que dejar de hablar para mover sus manos, ya que Pancho intentó salvarse.

Allí quedó, sin vida.

—¿Qué hacemos? —Dijo Phil.

—Ahora, hemos de actuar con muchísima rapidez —dijo Danish—. Vamos a avisar a Pat. Deben estar preparados y caer rápidamente sobre los ranchos de Murphy y Mendoza. Nosotros nos encargaremos de esos forasteros y de los que haya en el local de Duke.

Y los tres cabalgaron hacia el rancho de Glen.

Después de hablar con Pat, se encaminaron hacia Tucson de nuevo.

Pat marchó para reunir a sus hombres y pedir ayuda a los militares.

Los tres amigos desmontaron ante el local de Duke, donde entraron sonrientes.

Sabían que les esperarían muy tranquilos porque imaginaban que ellos desconocían lo que sucedía.

—¿Qué desea, patrón? —Preguntó Sam.

—Hemos de hablar...

—Hum... ¿Consiguió recordar de qué me conoce? —Interrogó Danish a Richard—. ¿Son esos dos los que le han refrescado la memoria?

No hubo más palabras.

Fueron muchas las manos que se movieron en busca de las armas, pero sólo seis consiguieron disparar.

Mendoza y Murphy, con los brazos colgando a sus costados, contemplaban aterrorizados y sin podérselo creer, la escena. Richard, Duke y los otros dos forasteros yacían sin vida sobre el suelo del local.

—Esas heridas no tardarán mucho en curar —dijo Sam—. No he tenido más remedio que herirlos.

Después, Pat y sus hombres, que estaban ayudados por los militares, apresaron a todos los vaqueros que trabajaban en el rancho de Murphy y Mendoza.

Pat Hesketh fue el encargado de decir a las dos jóvenes lo que sucedía.

Lloraron mucho, pero según iban pasando las horas, acabaron por comprenderlo, a pesar de la noticia dolorosa que suponía para ellas.

Un mes más tarde se celebró el juicio, y los dos rancheros eran condenados a diez años de presidio.

Sentencia que fue rebajada a tres por la confesión que hicieron y, gracias a ella, pudieron ser detenidos los verdaderos responsables del contrabando de armas, porque Murphy y Mendoza no eran otra cosa que dos peones que estaban siendo movidos por otras personas a las cuales desconocían.

Carol y Grace recibieron con gran alegría la noticia de la rebaja de la condena de sus padres.

Pasados tres meses después del juicio, en Tucson se celebraron cuatro bodas en el mismo día.

Carol y Danish marcharían a Santa Fe. Grace y Phil, así como Sam y Selma, lo harían hacia Washington, e Ivonne y Pat hacia Texas.

FIN.

Made in the USA
Columbia, SC
14 June 2021